W0203166

À bientôt !

Michel Serrault

À bientôt !

ÉDITIONS

ISBN : 978-2-915056-58-7

Préface

Ce qu'il y a de bien avec Amélie Nothomb, c'est qu'elle vous redonne en quelques phrases une joie de vivre qui vous semblait, quelques instants auparavant envolée pour toujours. Quel rapport avec papa ? c'est juste que je pense à tous ces gens qui ont ce pouvoir, ce don, cette passion de leur métier — quel qu'il soit — tellement ancrée en eux, qu'elle déborde et nous aide tout simplement à vivre.

Et c'est tout leur art.

Je pense que papa en fait parti.

C'est vrai, je ne suis pas objective.

Mais je n'ai pas de lien de parenté avec Amélie Nothomb à ma connaissance, et là, dans ce train, cet espace de liberté, il se trouve que c'est son dernier livre qui me procure une joie immense, qui me fait rire, sourire, me réchauffent et me sort de ma torpeur et je l'en remercie profondément de tout mon cœur.

Et là je suis objective.

Nathalie Serrault

Note de l'éditeur

Il y a plus de dix ans, j'ai eu la chance de rencontrer Michel Serrault et de devenir son éditeur. Depuis, deux livres ont été publiés et nous avons commencé à évoquer ce nouveau texte. Michel Serrault voulait se retourner sur ses soixante ans de carrière, nous raconter ses souvenirs savoureux, émouvants, mais aussi récolter les fruits de son expérience ; il souhaitait transmettre ce qu'il avait appris de son métier, comme un ultime don. Comme à son habitude il a mis un soin tout particulier à en choisir les mots, jusqu'à ce titre, *À bientôt !*, une ultime provocation.

Michel Serrault se méfiait plus que tout de l'esprit de sérieux mais il avait une conscience aiguë de ce que la vie peut avoir de tragique. Cela rendait le personnage public aussi secret que fantasque, l'acteur profond et l'homme aussi pudique que généreux. Souvent, craignant la gravité, la pesanteur ou même le chagrin, il se livrait à l'une de ses extravagances qui avait la vertu de poétiser l'instant. Quelque chose d'excessif, d'inouï, surgissait alors qui faisait dérailler la réalité pour la lancer vers la drôlerie la plupart du temps, d'autres fois vers une inquiétante étrangeté.

Michel Serrault a travaillé près de deux ans sur *À bientôt !* Avec sa famille, nous nous sommes beaucoup interrogés sur la question de maintenir ou non la parution de ce livre. Nous avons finalement choisi de le publier comme prévu, tel qu'il était lors de sa dernière lecture.

Voici donc son dernier livre, multiple et fourmillant ainsi qu'il l'a voulu, à l'image de toute sa vie.

Philippe Robinet

1

Je vais à l'église pour rire et au théâtre pour pleurer

Le conseil le plus utile qu'on m'ait donné, c'est celui de Mme Merlin, une voisine, qui m'a dit : « Faites donc ce que vous voulez. Je m'en fous. » Finalement, j'ai suivi son conseil.

Aujourd'hui, je suis une vieille maison que j'essaie de restaurer. J'ai encore des tuiles à mettre et des cheminées à changer.

Parfois, il faut rire avec des larmes tout en sachant que c'est dérisoire.

Il ne faut jamais s'arrêter à la première lecture, ne pas juger de façon catégorique et hâtive sans savoir. Pour moi, le pire des salauds est un homme récupérable. Assez de conclusions définitives ! Taisez-vous, regardez et acceptez de comprendre l'autre.

J'ai une certaine affection pour les personnages tordus ou peu recommandables parce que personne n'est totalement bon ou mauvais. Que savons-nous des épreuves par lesquelles quelqu'un est passé ? L'ambiguïté de ce type d'hommes m'intéresse parce que je me demande à partir de quel moment ils sont responsables. Pour moi, c'est un mystère. Soyons, les uns et les autres, prudents sur nos avis et nos conclusions.

Je n'ai plus peur de la mort depuis que j'ai appris que je ne serai pas le premier à passer par là.

Ce que m'ont enseigné les rencontres de ma jeunesse, c'est le sens des autres. Ils ont mis en route une chose : l'amour.

Je me suis toujours découvert à travers les autres. Ils voyaient en moi des choses que j'ignorais moi-même ou qui confirmaient mes intuitions personnelles. Les deux pôles qui m'ont attiré dès l'enfance, ce sont d'une part la religion et Dieu, et d'autre part le divertissement. Mais ce sont les autres qui m'ont orienté : les Fratellini au cirque, ou le supérieur du petit séminaire qui m'a dit : « Tu serais mieux sur les planches à faire le pitre », ou mon maître, Jean Le Goff, que j'aime comme un père — je pense à lui quand je ne sais pas comment aborder une scène. Ou encore des inconnus, comme cette jeune fille rencontrée dans le métro qui m'a troublé quand je songeais à devenir prêtre. Peut-être était-elle envoyée par le Ciel pour m'alerter, me dire que là n'était pas ma place. Alors, la vocation, ce n'est pas quelque chose de volontaire pour moi, je n'ai jamais rien voulu, mais à travers les rencontres, le métier que l'on choisit, la vie prend forme et va faire de vous une personne unique.

L'ennui n'est pas fatalement bénéfique ! Et à vrai dire l'ennui m'ennuie.

J'entendais l'autre jour quelqu'un de très sérieux critiquer sévèrement la pauvreté culturelle de Laurel et Hardy. Eh bien, non ! Je mets en avant le divertissement parce qu'il dit souvent plus de choses que les gens qui se prennent au sérieux. Tout ce qui passe par l'humour, la loufoquerie, qui semble bizarre, inutile ou gratuit, me paraît à moi beaucoup plus fort que les leçons, les démonstrations et les conclusions. Le rire n'est pas quelque chose à deviner : on doit le faire éclater, il a une force d'évidence. Mais la leçon qu'il y a derrière, elle, est à deviner. On n'explique rien. Riez, mais vous verrez qu'au bout du rire il y aura l'émotion. On dit « pleurer de rire » ou « pleurer de bonheur ». L'un et l'autre sont très mêlés. Moi, je suis parti de ce bonheur qu'apportaient les clowns : l'humanité. Riez, mais derrière le rire, il y a le drame. Mais ne dramatisez pas trop, parce qu'on peut sourire, aussi. Le divertissement, ce n'est pas un refuge, c'est un dosage entre les contradictions qui sont au cœur de la vie humaine.

C'est vrai, je suis coléreux. Je suis très patient. J'attends, puis tout à coup j'explose. Parfois, je deviens horrible !

Je n'aime pas être catégorique.

J'ai dit : « fondamentalement, je pense que l'homme est bon… » Et je maintiens. Simplement, il ne s'est pas encore trouvé. On est tous musiciens, mais si vous n'apprenez pas le solfège, c'est inutile… On ne sait pas encore bien se servir de l'homme. Je crois que les gens sont fainéants. Au fond, je ne leur souhaite qu'une chose : de découvrir l'amour. Aimer, ne serait-ce que la bicyclette. Celui qui n'a pas éprouvé cela, n'a rien connu. Je me suis aperçu que chaque fois que j'ai joué un grand rôle, c'était une histoire d'amour.

Souvent, je lis un livre deux fois : la première fois, je vais vite, je suis pressé de connaître l'histoire. La seconde, je lis le silence entre les mots. Dans les rencontres, c'est pareil : c'est tout ce qui n'est pas dit qui compte.

Pour moi, une des grandes tragédies de l'existence, c'est la violence qu'on exerce contre soi-même : il y a des gens qui font l'impasse sur ce qu'ils pensent vraiment, qui n'ont jamais pu vivre leur vérité, qui sont barricadés derrière des lois et des jugements parce qu'en sortir les remettrait tellement en cause qu'ils préfèrent étouffer. Ça, c'est un tabou tragique.

Je suis perplexe devant un tas de cas : devant l'assassin, le voleur, la mère qui abandonne son enfant… Je ne dis pas que c'est bien, mais je voudrais comprendre.

On m'a longtemps pris pour un bouffon. Maintenant, je passe pour un emmerdeur.

À force de peupler le monde de mauvaises nouvelles et de monstres, on pense que le monde est fait de mauvaises nouvelles et de monstres !

Les hommes de pouvoir, les puissants — ce sont eux les vrais assassins —, ils n'ont qu'une pensée : « Après moi, le déluge ! » Qu'ils ne s'inquiètent pas, il arrive !

Le fin du fin, c'est le divertissement gratuit. La joie de faire rire, qui est une ivresse, un pouvoir…

Faire son métier sérieusement, il me semble que c'est la seule façon de participer à quelque chose d'authentique. Quand on ne sait pas manier les grandes affaires du monde — et qu'on a l'impression d'une marmite qui bout, sans que personne ne maîtrise le feu qui est en dessous —, il faut s'attacher aux choses simples, et les faire bien. On est tous responsable, chacun à petit niveau, et c'est là qu'il importe d'agir.

Je suis comme je joue. Seul avec moi-même, peut-être que je ne joue pas. Encore que… J'ai le besoin vital de raconter des histoires impossibles. Peut-être pour tester mon pouvoir sur les gens, pour voir si je serai capable de les posséder… Je vais chez le boucher ? Je lui monte tout un cinéma autour d'un simple bifteck ! C'est comme ça. Je ne peux pas m'en empêcher… Je me souviens d'un prêtre qui, au patronage de mon enfance, nous racontait chaque jour l'épisode d'un récit qui nous tenait en haleine. Il avait le génie de ça. Je tente peut-être avec mes modestes moyens de faire de même.

Je vis mes contradictions dans une profession où existent des manières de faire qui ne me plaisent pas. Donc je fréquente peu de monde. Je peux rester des journées entières sans parler. Mieux vaut ça qu'insulter la terre entière… Je ne suis pas un gentil.

Je pleure tous les jours en voyant à la télévision des scènes insupportables. Je sais bien que c'est naïf, que ça ne sert pas à grand-chose. Et qu'il vaut sans doute mieux, pour les autres, faire le clown — ce que j'aime heureusement par-dessus tout, ce dont j'ai physiquement besoin : ça entretient ma santé…

Des risques financiers… J'ai toujours dépensé de l'argent que je n'avais pas, et pourtant, c'est vrai, j'en gagne plutôt pas mal… Comment je fais ? Je ne vis pas luxueusement, je ne suis pas habillé comme un prince, mais je ne peux m'empêcher de lancer des travaux incroyables dans mes maisons. Des travaux inutiles souvent. Est-ce par réaction contre mon enfance ? Est-ce pour avoir vu mon père se crever le soir à faire l'ouvreur au cinéma ou au théâtre après une dure journée de représentant de commerce ? Est-ce pour avoir vu ma mère porter nos draps chaque semaine au mont-de-piété pour avoir de quoi nous faire à manger ? À 26 ans, comédien minable, je me payais une voiture américaine de milliardaire, que mes moyens évidemment ne me permettaient pas…

Quand je ris, je « pleure » de rire… puisque je ris toujours de chagrin.

Combien d'enfants meurent par jour dans le monde ? Des millions. Là, je me mets en colère ! Finalement, j'ai honte. Honte de donner 70 % de mon argent pour voir ce qu'on en fait. Je suis responsable. J'ai honte de donner de l'argent qui a servi à armer l'Irak. Hier, j'ai entendu un homme politique dire : « Les choses ne seront plus jamais comme avant. » Ridicule ! Dans le temps, ma grand-mère reprisait les chaussettes avec un œuf en bois qu'elle mettait à l'intérieur. Elle ravaudait. Nous sommes comme un vieux paquebot, une vieille chaussette. Alors on prend du fil et une aiguille et on fait des reprises. On enfile la chaussette, mais ça craque ailleurs. Voilà ce qui se passe maintenant. Nous faire croire que ce qui se passe actuellement arrive comme un champignon qui pousse dans une clairière le matin est une honte.

Ce que je n'arrive pas à admettre, c'est que pendant la Seconde Guerre, 95 % de la population étaient des otages. Et ces gens ont dû vivre. Mon père malade ; ma mère qui travaillait et gagnait très peu d'argent ; la cantine tous les jours… On demande ensuite pourquoi ces gens-là n'ont pas fait de résistance. C'est honteux de demander cela ! Quand on n'a pas de quoi manger ni un endroit où dormir, on ne pense pas à s'enrôler dans la Résistance, surtout pas au début de la guerre. Je trouve intolérable de nous faire croire que les gens ont résisté alors qu'ils ne pouvaient pas résister. L'idée que les choses bougent avec l'assentiment de la multitude ou du plus grand nombre est fausse. Tout ce qui se passe partout est imputable à un noyau de personnes ; les autres suivent, ils ne peuvent pas faire autrement. C'est tout. On ne peut pas en sortir ni les rendre responsables. On parle d'otages, mais nous sommes tous des otages ! Ce sont des choses que je n'admets pas. Et je rouspéterai toute ma vie contre ces choses-là. J'aime mieux faire rire les gens, mais je veux aussi mettre le nez dans ce qui est intolérable. C'est mentir et mépriser la France entière que de tenir de tels propos. Personne n'ose le dire. Après, on entend : « Celui-ci est un saint, celui-là est un bandit. » Mais de quel droit ? Moi, je suis croyant. Il n'y a qu'un seul juge, c'est Dieu. Je suis pour la tolérance. Et jusqu'au bout.

Ce qui m'intéresse, c'est le parcours et la volonté d'avoir cru à quelque chose et d'avoir vu, peut-être, la possibilité de faire quelque chose. Dans la vie, c'est pareil. Je pense que je n'ai pas perdu trop de mon enfance, je n'ai pas perdu trop de mes espérances, et que je n'ai pas perdu trop de mon enthousiasme. Je pense que je n'ai pas d'âge, je pense que je suis prêt à repartir à zéro, mais surtout pas à une autre vie, une autre manière de parcourir mon temps.

Mozart nous console de tout ce qui a pu nous arriver de grave dans la vie. Il apporte un réconfort humain. Avec Bach, on va au-delà ; il vous conduit à l'acceptation sereine. Bach, c'est le porte-parole de Dieu !

Faire rire, c'est difficile, très difficile ; faire pleurer, ça va, c'est pas compliqué.

D'un gag magnifique au ridicule, la distance ne se mesure pas. C'est très difficile le comique !

Il faut faire des sauts périlleux dans la vie, on saute en l'air, on retombe sur la tête, on se fait mal. Eh bien, le rire est un saut dans l'avenir, un saut dans le moment, mais quand même, le rire, finalement, c'est une bouée de sauvetage.

Quand je suis arrivé à Honfleur, le curé a dit aux gens que j'avais acheté une maison, mais qu'il fallait être discret, que c'était un moment de détente, de repos. Merci, monsieur le curé. Pendant un an, ou deux, ou trois, ou quatre, je passais dans le village et les gens changeaient de trottoir. Je disais « bonjour ! » à tout le monde et j'avais à peine un regard, un œil, la moitié d'un œil — pour ne pas me gêner ! C'est drôle !

Je vois tellement de films qui n'ont aucune marque, aucune signature, il est impossible de trouver le metteur en scène. Ce sont des films faits par n'importe qui, où il n'y a pas d'option, bonne ou mauvaise. Il n'y a pas d'échappée ; à aucun moment, vous ne vous dites : « Tiens, il a des choses à dire, ou un style à lui. » Le nombre de films sans aucun intérêt...

J'ai été un petit garçon insupportable. Je tapais, je volais, j'étais insolent. Au Pré-Saint-Gervais, où j'habitais, les commerçants fermaient leur boutique en me voyant arriver. J'ai volé des quantités de croissants, de chewing-gums, de camemberts. J'étais franchement désagréable. Maintenant, je vole toujours, mais plus des camemberts.

J'ai fait mon service militaire, comme tout le monde. J'étais le responsable du groupe artistique de la première région aérienne, à

Dijon. Je montais des pièces, comme *Les Fourberies de Scapin*. Tout le monde s'inscrivait, mais personne ne voulait répéter. C'était formidable car j'étais deuxième classe, et je dirigeais l'adjudant-chef, le sous-lieutenant, etc.

Je n'aime pas les bêtes qui ont l'air trop trafiquées. Il y a des chiens, on ne sait plus trop ce que c'est : une machine à coudre, un chapeau avec des fleurs. C'est un peu comme les roses. Le chien, pour moi, c'est un peu comme la cuisine, j'aime les plats nets et solides, pas trop sophistiqués.

Oui, j'improvise ma vie, bien entendu. Ça veut dire : être ouvert à tout et à tous. Il n'y a pas de tricherie là-dedans.

Pour moi, la seule façon de m'exprimer, c'est de jouer la comédie.

Mystique et blagueur, j'aime bien, moi. D'ailleurs, je vais à l'Église pour rire et au théâtre pour pleurer.

Je me sens solidaire des autres — le Rwanda, le Darfour... —, même devant l'absurde. Est-ce que dans certains cas, les gens ne sont pas responsables ? Est-ce que Dieu est responsable du gars qui a brûlé un feu rouge ? On est aussi des hommes libres et on a aussi la responsabilité d'intervenir.

Je vous fais une confidence : je ris comme je pleure, et c'est bien. Le gars qui ne sait pas pleurer ne sait pas rire — et l'inverse est vrai aussi.

Si j'avais une baguette magique, je crois que je ne changerais rien. Il faut assumer ce qu'on est. J'ai une bosse sur le nez, mais il y a plus grave.

Quand le téléphone sonne, je suis heureux ; quand il ne sonne pas, je suis un peu malheureux. Même si je me dis, quand je suis obligé de décrocher : « Quel est le con qui m'appelle ? » On est tous comme ça !

Je voudrais savoir pourquoi — je suis dans le lot — nous pensons toujours à nous, pourquoi nous sommes tous repliés sur nous-mêmes, et nous avons finalement peur de l'autre.

L'humour, c'est ne pas avoir l'air, ne pas avoir l'air de ce qu'on dit.

Tous les comédiens ont des idées sur la politique. Mais je ne défile pas avec une banderole, je n'ai pas de déclaration à faire. J'ai le droit, par contre, de prendre parti pour des films qui racontent des histoires qui me plaisent, avec des idées que je défends.

Je ne suis pas très bon spectateur, je l'avoue, parce que j'ai une impression d'impuissance. Au théâtre, par exemple, je n'en peux plus, je piétine, j'ai peur pour les gens qui jouent. Au cinéma, par contre, je trouve souvent que c'est formidable, je suis un bon spectateur.

On me dit souvent qu'on ne sait jamais quand je suis sérieux et quand je ne le suis pas. Ça m'embarrasse, notamment quand je donne un conseil. Par exemple, quand je dis à une dame « ne traversez pas ! », elle rigole, elle traverse et elle se retrouve par terre. Je lui dis que je l'avais prévenue, mais elle me répond que je rigole tout le temps ! C'est très embêtant. Je parle sérieusement, on me rigole au visage. J'ai trouvé un truc : il faut prévenir, des fois. Quand je dis des choses pas très sérieuses, je préviens en mettant un nez rouge. Quand je mets ça sur le nez, on sait à quoi s'en tenir. Par exemple : j'ai beaucoup d'admiration pour vous.

Je vois l'humour partout, je pense qu'on ne peut pas user de l'humour à des heures précises de la vie, ou à des moments, ou avec des gens indiqués, etc. Si on n'est pas capable de mettre de l'humour un peu partout, l'humour, il n'y en a plus !

Je ne sais pas si je suis drôle dans la vie, mais on peut rire avec moi, oui.

Hitler ou Staline ? Je ne les ai pas aimés, ni l'un ni l'autre, j'ai préféré Alex et Zavatta.

J'ai failli être curé. Je n'ai jamais oublié les réjouissances, le partage connus dans les vacances en patronage. J'y ai vu des gens magnifiques qui m'ont aidé à vivre. Des gens transformés par la foi.

Je ne suis pas un militant, je ne fais pas d'apostolat, je n'appelle pas à la conversion des foules.

Il faut que certains puissent comprendre qu'on peut croire en Dieu et être intelligent…

Si je ne suis pas devenu prêtre, c'est à cause des vœux de chasteté.

Je crois en Dieu, mais je crois en Dieu sans savoir exactement. Vous vous rendez compte ? Ce Dieu qui nous aime et qui nous met là, et qui nous abandonne parfois totalement ? Il y a un mystère. Ce que je sais, c'est qu'il vaut mieux s'aimer les uns les autres que de jouer les fanfarons. Et même s'il n'y a rien, je crois qu'on devrait tous vivre en chrétiens.

Depuis qu'on sait que je suis chrétien, on s'attend à ce que je prêche… Alors, allons-y ! J'ai fait ça, une fois, dans une interview télévisée, j'ai dit : « Mettez en route ce don qu'on a d'aimer. » Et, pour ne pas être brutal — je n'allais pas les affoler avec Dieu, l'amour du prochain —, j'ai continué : « Aimez un bon vin, par exemple. Un blanc, un rouge, ce n'est pas pareil. Goûtez-le, sentez-le. Commencez par les fleurs, les fruits, des choses simples. Mais mettez la machine en marche. N'ayez pas peur de rire, d'aimer, de pleurer. » Beaucoup de gens ne vivent pas en leur nom, ne parlent pas en leur nom. Ils parlent en général, sans avoir éprouvé ce qu'ils disent. Alors, apprendre à aimer, c'est quand même le secret…

Ma pensée passe par les images. Je comprends mieux les paraboles, comme dans l'Évangile : une image simple et quelque chose derrière. Je n'aime pas qu'on m'énonce de grandes vérités. Et quand je joue, c'est la même chose. Je n'aime pas les grandes formules intelligentes ; le théâtre, c'est autre chose. Je travaille dans l'obéissance et la liberté.

Jeune, j'ai voulu être prêtre, mais j'ai fait autre chose. Je ne prêche pas, je ne suis pas un saint, je ne vis pas dans la misère, je ne donne pas tout aux pauvres, mais dans mon métier, j'essaie de réjouir les gens. Un jour, après une représentation de *L'Avare*, au théâtre, une dame est venue me voir dans ma loge. Elle a commencé par me remercier puis m'a dit : « Et vous croyez en Dieu… », alors qu'elle ne savait rien de ma foi. Mais elle l'avait décelée dans ce que j'avais fait de l'Avare : quelqu'un que tout le monde abandonne, qui finit par se rendre compte de ce qu'il a engendré, et qui en pleure de regret.

Je suis chrétien. Un mauvais chrétien, bien sûr. C'est l'idée de s'effacer pour les autres qui fait partie de mes croyances. À mon sens, la meilleure façon de vivre, c'est de lire l'Évangile. La vraie modernité d'un texte, c'est d'être éternel…

J'ai eu le tort, en 1954, de confier à un échotier que j'avais fait, entre 14 et 16 ans, mes études au petit séminaire avant de choisir mon métier. Et les magazines de titrer : « Clown ou curé ? » Qui n'a pas été dans une école secondaire ? J'eusse été défroqué que cela me semblerait plus intéressant, mais ce n'est pas le cas !

J'ai la foi, mais je ne comprends pas tout. Je sais ce qui se passe dans le monde : la mort d'enfants, les injustices… mais on ne peut nier la part de responsabilité des hommes. Je crois en Dieu, mais parfois, je m'écroule, et je Lui dis : « Dieu, je ne te comprends pas. »

Jésus-Christ nous a laissé assez de repères pour vivre comme il nous l'a enseigné. C'est trop facile de dire que c'est trop compliqué ! Faites un pas en avant, c'est déjà pas mal.

J'ai cru en Jésus-Christ très tôt, par le témoignage des prêtres. Je n'avais pas une théologie bien profonde, mais je comprenais ce que signifiait « passer sa vie pour les autres ». Le Père Modeste Van Hamme… j'ai envie de dire que c'est mon frère. Il m'a fait faire ma première communion alors qu'il n'était pas encore prêtre. Il a suivi toute ma vie, les moments heureux comme les épreuves que j'ai dû subir.

On ne peut pas vivre sans un regard ni une écoute formidable pour les autres. Ce qui m'a sauvé dans certaines épreuves terribles, ce sont les autres, c'est que je ne suis pas seul au monde. Même si vous ne croyez pas en Dieu, même si vous ne croyez pas en l'au-delà, lisez l'Évangile, pratiquez l'Évangile — essayez de pratiquer l'Évangile —, et vous serez heureux. C'est le meilleur moyen d'être heureux sur Terre. Plus ça va, plus j'ai la foi.

J'ai un métier plein de mystère, on ne sait pas toujours ce qu'on fait, il y a un instinct, une imagination qui travaillent. Je peux être porté par la poésie d'un grand texte. Si vous vous laissez porter par l'Évangile, vous êtes capable de faire des choses que vous ne soupçonnez pas : c'est le parallèle que je fais avec mon métier. D'une manière plus commune, on pourrait dire : « Essayez l'Évangile, et vous l'adopterez. »

Dieu n'a que de l'humour et de l'amour, c'est un ensemble. Si Dieu n'a pas d'humour, c'est gravissime ! Tout est récupéré dans l'Amour. Toute décision grave à prendre dans la vie se résume par une histoire d'amour, de compréhension. Dieu est amour. Nous serons tous récupérés dans l'amour. Dieu nous aime.

Quand je vais arriver devant Dieu, il va me dire : « Ne t'emporte pas ! Je vais tout t'expliquer ! »

Le rire est une bonne semence pour un chrétien. Finalement, il est cohérent, mon parcours.

Comment est-ce qu'on peut faire ce métier de gugusse, de comédien, et en même temps avoir une vie intérieure, aimer la méditation, la prière ? Je fais partie de la paroisse des artistes, c'est vrai que je vais à la messe un peu partout.

J'ai décidé d'habiter toute l'année ma maison de campagne. Je n'ai plus besoin de vivre à Paris. Je joue moins au théâtre. Le théâtre, j'en fais moi-même, ici…

Continuer à vivre ! J'ai 78 ans. J'ai des ennuis de santé, comme tout le monde. Quand je leur fais part de mes hésitations à accepter certains projets qui me tentent, les médecins me disent : « Michel, tu fais tout ! Tu travailles trop. » Ralentir ? Ralentir quoi ? Il faut travailler énormément. Parce que après, c'est fini.

Le rire doit être construit, basé sur la réalité de la vie, sur des faits communs. La folie, oui, mais avec un cadre.

Quand on est d'accord à 55 % sur un sujet, il faut le faire. Il y a un risque, mais on doit se fier à l'histoire. Après, on ne peut pas savoir. Il faut croire au Père Noël.

Si demain je n'étais plus acteur, je crois que je disparaîtrais. Si je peux être encore séduit, c'est par l'idée de faire passer un frisson, de raconter des histoires. Le jour où je n'aurai plus ça, ce sera terrible.

Les moments de vérité sont très rares... Chez tout le monde. Tout le monde se déguise et travestit sa pensée. Au théâtre ou au cinéma, je cherche le moment de vérité.

Dans la vie, il y a toujours quelque chose à gagner, si on est attentif. Mais il faut un minimum de recherche personnelle. Il faut retrouver la disponibilité et la curiosité des enfants : j'ai emmené ma petite-fille voir *Les Misérables*. Je pouvais suivre tout le spectacle sur son visage ; elle y était. Le plaisir du théâtre et du cinéma suppose une attente, une recherche. C'est une chose rare comme la perle, un moment de vérité qu'il faut guetter. Fatiguons-nous un peu, parce que, si on n'est plus capable de cet intérêt, il ne restera plus que les coups de feu et les coups de fesses, qu'on peut regarder passivement !

Jouer un être humainement magnifique, c'est très bien, mais incarner la connerie ou la méchanceté, c'est aussi magnifique... Je ne me moque pas des gens, je les aime et je me dis : « Finalement, je les sauve… »

Le problème, c'est de rester humain. Je me dis toujours : « Ce type que je vais jouer, même s'il est un monstre, il doit bien avoir quelque chose de vrai, de commun avec les autres, pour qu'on puisse s'émouvoir avec lui. »

Je ne cache rien… Je fais partie du bouquet de l'humanité. Des gens comme moi, il y en a beaucoup. Mais j'ai une chance formidable, c'est que j'ai une grande conversation qui se poursuit depuis cinquante ans avec les gens. Des gens qui ont suivi ma carrière devinent des choses de moi, et puis il y a les non-dits. Je ne suis pas contre les mots, mais les mots, ce n'est pas grand-chose, ce sont les intentions qui comptent.

Avoir besoin d'aller au théâtre écouter un beau texte, ce n'est pas du luxe. Le théâtre, c'est le pouvoir de transformer les gens.

À l'époque, j'avais 13 ou 14 ans, je pense que le supérieur du petit séminaire a eu peur de mes extravagances. J'avais besoin de m'occuper des autres. Dans un milieu assez simple, d'ouvriers, il y avait la possibilité de donner ou de rendre service dans toutes les directions... Ça n'a pas changé. Quand je joue la comédie, je le fais avec le même sentiment de donner aux autres ! On se tient les uns les autres.

Je voulais être clown ou prêtre. J'ai été au séminaire pendant deux ans. Le supérieur m'a dit : « Tu es très gentil, tout va bien, mais je crois quand même que ta place est sur les planches. Tu vas faire des études, ne reste pas comme ça. » J'avais 15 ans et demi, 16 ans. Je lui ai dit que je voulais faire du cirque. Un jour, ce prêtre a vu une petite annonce : une école s'ouvrait pour le métier d'acteur — l'école du spectacle de la rue Blanche. Le clown Auguste disait : « C'est moi qui donne de l'humanité à ma perruque qui tourne, ce n'est pas mécanique. » Le côté extérieur du comédien n'est rien à côté de ce que nous sentons à l'intérieur.

Le métier de comédien est éprouvant, mais vous savez que vous n'êtes pas tout à fait inutile. Parfois je me dis que j'aurais été plus efficace comme vicaire dans une paroisse...

Il est intéressant de jouer des monstres. On me dit que je défends des gens indéfendables ; mais je réponds qu'ils font partie de l'humanité. Il faut essayer de savoir pourquoi ils sont comme ça. Je laisse la porte ouverte à tout le monde et ne condamne personne. On a des circonstances atténuantes dans la plupart des cas.

Je ne sais pas exactement ce que je suis. Je sais que ça m'amuse de composer des personnages, d'apparaître physiquement sous des formes bizarroïdes.

Je fais de la télé depuis 1956 ! La télé, le théâtre ou le cinéma, c'est la même chose pour le comédien ! En télé, la seule différence c'est que les acteurs dorment moins. On ne reste pas trois heures sur place devant la caméra pour attendre les réglages de lumière !

Jamais dans ma carrière, je n'ai eu envie de faire du cinéma. Le cinéma, c'est une péripétie ou un accident.

Malheureusement, on ne voit plus beaucoup de grands clowns comme autrefois. Les clowns n'existent et ne sont possibles que dans l'architecture du cirque, sur une piste. Puis il y a eu les informations, le music-hall, et ça a été fini. J'ai eu la chance de voir les plus grands clowns du siècle, j'ai vu les trois Fratellini, François, Albert et Paul ; j'en suis très fier. Albert était l'auguste le plus outré du cirque, c'était surréaliste.

Ce qui est très beau, avec les fortes personnalités comme les clowns Dullin ou Grock, que j'ai vus, c'est ce miracle qui fait que du plus comique, du plus drôle, sourd une extraordinaire et bouleversante émotion.

Pourquoi j'aime le cirque ? Parce qu'il y a du risque et de la beauté et que l'on ne peut pas tricher.

2

Un métier d'intentions

Si l'acteur ne bouscule pas la réalité pour aller plus loin dans l'émotion, ce n'est plus un artiste.

Celui qui dit qu'il n'a rien à apprendre des autres est un nul. Moi, je voudrais transporter tout le rire, toutes les émotions de tous ceux que j'ai rencontrés. Si un acteur n'a pas cette ambition, alors il fait un drôle de métier…

Si j'ai un talent, je ne le dois qu'à ceux qui m'écoutent.

Au théâtre, comme ailleurs, ma personnalité ne fonctionne qu'en présence de quelqu'un. Je ne vais pas essayer de me faire rire tout seul !

Qu'on m'offre une grande pièce moderne ! Jouer truc ou machin du répertoire, ça ne m'intéresse pas. C'est la création que je cherche.

Certains acteurs veulent se montrer plus intelligents que les auteurs qu'ils sont censés servir.

Avant le début d'une scène, je ne suis pas sûr de moi puisque je ne sais jamais comment je vais la jouer. J'abandonne ma personnalité pendant ce moment-là, je laisse quelque chose m'échapper.

Un acteur a aussi le droit de donner son avis. On ne peut pas venir le chercher et lui demander de s'écraser complètement. Il ne devrait pas y avoir de « patron » sur un plateau. La vérité naît de la confrontation, c'est après qu'on se met d'accord...

Je m'en fous. Je joue tout. Oui, je pourrais jouer n'importe quoi.

Avec l'âge, on n'a plus trop tendance à me proposer des rôles de jeune premier...

De toute façon, on ne m'en a jamais proposé ! Je n'avais pas un physique de jeune premier, et à 17 ans je ne pouvais pas jouer des rôles de composition. Il n'y avait pas de « case » pour moi.

Ce n'est pas du tout pareil de jouer au théâtre ou au cinéma. Au théâtre, il faut se faire entendre. C'est pour cela qu'il y a des gens qui ne font que du cinéma.

Le charme de la comédie, ce n'est pas tel ou tel personnage, mais les échanges entre comédiens.

La mise en scène est l'accident de la répétition.

Que ce soit pour jouer la comédie ou pour écrire quelques farces, c'est dans la rencontre que je puise mon inspiration. L'inspiration n'est bonne qu'à partir d'une authenticité. Après ça, on déforme, on grossit. Ce sont des arrangements avec des choses vues.

Pour se critiquer, il suffit de rassembler une quinzaine de comédiens. Pas besoin de critiques !

Les comédiens sont des gens qui doivent transformer les choses et les rendre plausibles et divertissantes. J'ai joué des choses moyennes, j'ai joué des mauvaises pièces et je m'en félicite ! Quand on a répété une pièce pendant un mois et demi et qu'on se rend compte qu'on s'est trompé à la lecture, on ne peut plus partir. On a signé. Le problème est de savoir comment on peut faire passer une heure et demi ou deux heures aux gens qui vont venir.

L'invention me fait peur : elle veut être systématique. Elle ne doit pas l'être. Si j'étais radical, je dirais : « Je n'invente rien. Ma mémoire enregistre les choses et les sentiments. J'ai un bon œil pour voir. »

Quand on dit : « Moteur ! », je ne sais pas où je vais. Je connais l'histoire, mais j'attends. Alors, je joue en fonction des places qu'on m'a données, de l'acteur qui est en face de moi, et j'essaie de lui répondre. Et, bien sûr, je ne joue pas avec Pierre ou avec Paul de la même façon.

Je ne peux pas m'empêcher de me dire qu'il existe un moyen, à travers un rôle, de donner un peu d'espoir à quelqu'un. Que ce soit dans la drôlerie ou dans la gravité. On ne peut pas faire, à mon avis, ce métier — je parle pour moi, les autres font ce qu'ils veulent — en étant totalement indifférent aux rôles que l'on joue. Je vois aussi l'impact que cela a sur les spectateurs quand j'arrive à faire quelque chose de bien. Ils me manifestent une sorte de tendresse, de reconnaissance. Ils ne savent peut-être pas pourquoi, mais moi, je sais.

J'ai vu beaucoup de choses en soixante ans. Et je m'interroge : « Où sont les grands comiques français ? » Si on ne parle pas de sexe, on ne peut pas faire rire. Ce n'est pas de la pudeur de ma part.

Une des grandes qualités d'un acteur, c'est, à mon avis, d'écouter le murmure, la pression, l'attention de la salle. Vous ne pouvez pas débuter sans les laisser respirer. Il y a des gens qui se débarrassent du texte. Quand je joue avec quelqu'un qui débute, je lui dis : « Prends ton temps ». Les intentions mécaniques, l'écriture, les mots, ce sont des choses importantes, mais elles ne sont pas tout. Il faut leur donner de la vérité.

Peu d'acteurs comiques osent changer de registre, parce qu'ils ont peur, parce qu'ils sont tous des spécialistes. Pour ma part, je ne saurais dire si je préfère jouer quelque chose qui fait rire ou quelque chose de profond. Je m'en fous, au fond.

Un comédien doit faire croire à l'invraisemblable, bien sûr. C'est le sommet de son art. C'est le jamais vu qui devient réalité par la force de la présence. Chaplin, ce n'est pas tout à fait la vérité, mais c'est plus beau que la vérité. Il ne faut pas avoir peur d'être encombré par le personnage.

Je pense être un interprète facile à diriger. Sauf par quelqu'un qui ne m'aime pas. Mais certains réalisateurs ont peur de moi. Je ne l'apprends qu'après le tournage. C'est ce qui s'est passé quand j'ai fait Nelly et Mr. Arnaud avec Claude Sautet. Il avait peur de moi comme j'avais peur de lui! J'ai joué au moins deux cents titres, avec le théâtre, le cinéma, la télévision. Mais je n'ai pas plus de métier qu'avant. J'espère.

Si je joue encore et encore, c'est que j'aime les gens. Quand j'entre en scène, je suis là pour faire plaisir, faire rire, faire pleurer. Parce que, la vie étant faite de contrastes, je ne vois pas de différences entre les larmes et le rire. Je joue pour la dame du premier rang, le monsieur du sixième rang. Je m'adresse à chacun en particulier. Ce n'est pas pour briller moi-même, mais — c'est très prétentieux — pour les mettre en route vers une manière d'accepter la vie, d'accepter le fait qu'il y a des hauts, des bas, mais qu'on peut aussi se reprendre, que rien n'est foutu, qu'on peut rebondir. Et peut-être qu'un soir, au théâtre, j'ai fait rebondir quelqu'un.

Un acteur est quelqu'un qui doit inventer, se laisser porter par son invention. Il est essentiel de donner un plus, de ne pas se contenter d'être un serviteur aveugle et ignare.

Je découvre mes personnages lorsque je me vois à l'écran. Quand j'étais jeune, c'est moi que je mettais en avant, comme tous les acteurs. Le prêtre dit : « In manus tuas domine », et depuis longtemps moi je dis :

« Dans tes mains, mon personnage, mon auteur », et je deviens un autre. Mes personnages me font rire quand ils sont franchement drôles. Il m'arrive de pleurer quand ils sont pathétiques. Quoi qu'il arrive, je m'engage à les faire vivre sinon à leur donner un brin d'humanité qu'ils soient laids, fous, révoltants. Je ne juge pas, je montre !

Je ne suis jamais aussi à l'aise que dans la peau de la pire des crapules, car rien ne me motive plus que d'être un passeur. Un journaliste a écrit un jour : « Serrault, son truc, c'est l'humanité. » J'étais ému… Sauf que ce n'est pas un « truc ».

Quand on a joué dans des grands classiques et que l'on voit ce qui se fait actuellement dans le théâtre de boulevard, on s'inquiète…

Le thème d'un film est important, mais l'essentiel dans sa réussite repose sur l'entente entre un comédien et le metteur en scène, car l'écoute est primordiale dans notre profession. Or, le plus difficile dans ce métier est de trouver de vrais complices. Mes rôles les plus réussis sont ceux où j'entretenais une belle complicité avec le réalisateur. Je pouvais ainsi être en confiance et me laisser totalement aller dans mon jeu.

Plus un rôle s'éloigne de ma personnalité, plus il devient naturel pour moi de l'interpréter. En revanche, devoir jouer mon propre rôle serait particulièrement difficile ! Je suis d'une nature très curieuse. Je m'inspire des personnes que je croise, quelles que soient leurs émotions, aussi bien dans l'humour que dans les sentiments plus dramatiques.

Pour adapter son jeu face à un enfant, il faut l'écouter, laisser le naturel agir et, surtout, ne pas trop le guider. Mais cela est aussi valable avec un adulte !

Jouer la comédie est un curieux métier. Lorsque je m'apprête à interpréter un personnage, j'ignore de quelle façon je vais le jouer. Bien sûr, un acteur doit connaître son texte pour être à l'aise, mais ce n'est que l'aspect mécanique. Il ne faut surtout pas être pressé mais jouer et redécouvrir le rôle. Il ne faut pas « marcher » sur le texte de l'autre mais apprendre la mécanique de l'esprit et de l'oreille. Tout repose sur l'interaction entre les comédiens. Le mystère de la réussite réside dans cette alchimie. Je n'aurais donc qu'un seul conseil à donner : écouter.

Dans un film, il n'y a rien à expliquer. C'est à vous de l'interpréter. Prenez-vous en main, ce n'est pas à nous de donner d'explications.

J'aime la liberté de création qu'on trouve en Italie, chez les metteurs en scène comme chez les comédiens. En France, on est beaucoup plus encadré : le metteur en scène a sa conception et veut vous y faire entrer, alors que ce qui est merveilleux, c'est justement d'en sortir, pour saisir ce qui se passe d'imprévu, l'inspiration du moment, l'accident de tournage. À chaque plan, il y a une aventure à risquer, des propositions nouvelles à faire. Après, c'est au metteur en scène de choisir. Mais je regrette souvent qu'il n'y ait pas plus de complicité sur un plateau. C'est dans l'échange et la circulation que les choses naissent. Les Italiens sentent cela naturellement.

J'ai l'impression qu'on est dans une impasse. Soit on a affaire à des types qui prétendent réinventer le comique, soit à des intellectuels qui défendent un théâtre incompréhensible. Il n'y a pas de milieu. Je cherche en vain les Guitry, Anouilh, Marcel Aymé. Surtout, je voudrais qu'on m'explique la connivence des critiques. Les artistes, encore, ils sont dans leur univers, ils pensent tous être géniaux, mais les critiques, qui ne comprennent rien, pourquoi crient-ils au génie ? On dirait que chacun d'eux s'enorgueillit d'être le seul à comprendre. Et aux yeux desdits maîtres actuels de la pensée, si c'est clair et si ça touche, c'est qu'il y a derrière une imbécillité quelconque.

On est tous des saltimbanques, mais soyons conscients de ce que nous voulons. À force de produire du sur-mesure, on tombe dans la connerie. Vous ne pouvez pas imaginer le nombre de scénarios que je piétine. Je les jette de rage. Je n'y comprends rien. De temps en temps, je me dis que je dois être le roi des cons.

Quand on entre dans le comique ou le fantastique par la mauvaise voie, c'est raté. Il faut rester modeste, prendre le temps d'emmener les gens là où l'on veut qu'ils aillent. Il arrive qu'on me dise : « On va faire un truc extraordinaire, du jamais vu. » Mais si ça n'a aucun sens, à quoi bon ? Les auteurs contemporains ne prennent pas la peine de raconter une histoire. Ils ont des intentions, des impressions, des idées. Je les écoute parler et je me dis que je ne pourrai jamais tenir une heure et demie avec ça.

J'aime jouer la comédie ! J'ai le sentiment de n'avoir rien fait, rien dit. Je suis un peu limité par l'âge, c'est tout.

Ceux avec qui j'ai aimé tourner sont des gens qui s'adressent à moi. Ce qui est intéressant, c'est ce qui se noue entre les acteurs. Rien n'existe en dehors de l'échange. Si vous avez des solistes, il ne se passe rien. Il est difficile de donner la réplique à quelqu'un qui ne vous parle pas, qui s'adresse à la cantonade — ça arrive. Ou alors qui ne cherche pas à s'améliorer. Quand vous proposez à votre partenaire de rejouer une scène et qu'il vous rétorque : « À quoi ça sert ? » il n'y a plus rien à ajouter. Ça sert simplement à s'amuser, à inventer quelque chose. Quel acteur peut prétendre être arrivé au bout d'une scène ? Le comédien de théâtre sait qu'il n'existe pas deux représentations identiques.

Si je devais donner un conseil à un jeune acteur, je lui dirais : « Prépare tout ce que tu veux, tout ce que tu peux, mais laisse l'imprévu fleurir. C'est parfois l'accident qui mènera à une prise exceptionnelle. Ce que tu feras de mieux, c'est ce qui va t'échapper. » Ce qui me gêne aujourd'hui, chez certains acteurs, c'est qu'on a affaire à des fabricants, à des faiseurs. Il n'y a plus rien de spontané, plus aucun goût de l'aventure.

J'aurais bien voulu écrire, être musicien, des tas d'autres choses encore, mais je reste un comédien dans l'âme. Je pense qu'on ne peut pas être totalement décalé de ce que l'on fait, projeter des émotions sans être touché soi-même. La présence, c'est une volonté. Il faut vouloir être là, convaincre, avoir envie de faire passer quelque chose. On ne peut pas être totalement son propre spectateur.

De grands acteurs ont dit qu'il y avait toujours deux partenaires à éviter : les enfants et les animaux, parce qu'ils ne savent pas tricher… et là, on ne peut pas lutter. Je me souviens de cette fillette qui n'avait jamais joué et qui était magnifique. Pour trouver un accord, je me suis mis à son diapason en l'écoutant et en la regardant. C'est elle qui m'a donné le « la ».

Un rôle se fait au moment où on le joue. Et là il y a quelque chose qui me dépasse. Je découvre ma prestation après. Ce que j'aime moins, au cinéma, c'est quand un metteur en scène choisit la prise qu'il préfère. Je ne suis pas toujours d'accord. Je n'aime pas que l'on prenne des décisions sur ce que j'ai fait.

Mon métier est une conversation avec les gens et, ce qui me maintient en forme, c'est de les aimer — que ce soit le public ou les personnages. Souvent on ne va pas très loin et on a des jugements faux parce que la première vision qu'on a des choses et des gens, c'est un écran qu'il faudrait soulever. Quand je vais trop vite, je me trompe. Je dis : « Ce scénario est idiot » et je m'aperçois, en y prêtant attention, qu'il y a des aspects intéressants.

J'obéis à un auteur, un texte, un personnage. J'ai l'amour des maisons, j'en ai restauré plusieurs, ça m'amuse beaucoup. Eh bien, si je joue Molière, j'entre dans sa maison. Je ne fais pas construire, je restaure. Je cherche comment cela a été conçu à l'origine, et comment on peut retrouver le parfum des lieux. Il ne s'agit pas de mettre une cheminée moderne dans un salon du XVIIe siècle. Il faut respecter la construction, retrouver les secrets de fabrication et l'esprit d'origine.

Je ne revendique pas d'autre liberté que celle d'avoir sa propre respiration. Laissez-moi libre de respirer, d'avoir mon souffle à moi. J'ai besoin de vagabonder autour des mots, des choses, des situations, de chercher des intentions, de faire des propositions. Je ne sais rien, donc tout est toujours neuf. Alors, qu'est-ce qu'on fait ? Avant de jouer, on travaille du chapeau, on cherche, on jongle, on pédale. Mais au moment où on joue — le seul moment qui compte —, il faut arriver vierge de toute volonté, de toute intention. Il n'y a qu'à être là, tout entier, vivre l'instant, et accepter de ne pas savoir où cela va vous conduire. Dans la vie, n'est-ce pas pareil ? On peut travailler la proposition, le point de départ, le désir initial, mais l'arrivée, on ne la connaît pas : chaque fois, c'est une aventure. Et si on avait une véritable imagination, si on était vraiment à l'affût, si on accueillait librement ce qui se présente, on n'aurait peur de rien, et on verrait qu'il n'y a rien à jeter. Moi, je veux tout : vivre avec les gens, c'est ça.

Je veux faire rire, donner du bonheur, offrir des émotions. Il y a beaucoup de gens dans le métier qui pensent que plus on s'ennuie, plus c'est agréable. Je ne suis pas d'accord, le divertissement est à la base de tout.

Je ne voulais pas être comédien mais faire du cirque. À l'époque, il n'y avait pas d'école… alors que maintenant on fabrique des gens sur mesure. Les écoles de cirque sont dirigées par des gens qui n'ont aucun talent artistique et qui viennent des ministères ! Et je dirais, pour être méchant, que, pour les comédiens, c'est à peu près pareil.

On n'apprend pas à jouer la comédie. On rencontre des gens qui ont du talent, voilà tout. Sur ma route, j'ai eu la chance de croiser Jouvet, de côtoyer Jean Le Goff qui a été mon professeur, d'être dirigé par Jean-Marie Serreau.

J'ai connu Dullin, Jouvet… Bernard Blier a été mon professeur… Je tiens la main à toute une génération disparue. Les années ça pousse, c'est comme la barbe. Mais j'aime bien travailler avec des jeunes. Qu'est-ce qu'ils trouvent en moi ? Peut-être une façon de ne pas se prendre au sérieux.

Pour un acteur, il est essentiel de donner un plus, de ne pas se contenter d'être un serviteur aveugle et ignare. Il faut déborder de la réalité. Quand vous regardez Raimu, Harry Baur, Michel Simon, Fernandel, ce sont des interprètes qui ont été obéissants pour ce qui est de la mécanique, du texte. Il n'empêche que, sur le terrain, ils avaient autant de droits que le metteur en scène.

Ce qui m'amuse, c'est de réaliser des choses que personne ne veut faire, qui paraissent impossibles, ardues. Je suis prêt à courir des risques.

Je suis hanté par l'idée d'un film tiré d'un livre de Guitton, *Portrait de monsieur Pouget*. Pouget était un religieux, lazariste, qui avait dirigé le collège de Saint-Flour. On lui avait interdit de prêcher, d'écrire, d'éditer parce qu'il avait des idées modernes. Il n'a pas quitté l'Église, mais il est resté dans une cellule, rue du Bac, pendant trente ans. Le monde entier, religieux ou non, venait le voir, car c'était un savant qui rassemblait à peu près toute la connaissance. C'est une personnalité incroyable. Je voudrais aussi faire un film sur un communiste, un type de mon âge, qui aurait cru, il y a cinquante ans, qu'on pouvait changer le monde. Un mec de 18 ans qui pense que la société n'est pas juste, qu'il faut faire quelque chose et qui verra à la fin qu'il a été roulé, je trouve ça beau.

Le clown me paraît visuellement le personnage le plus incroyable. Comment Grock parvient-il à faire pleurer et rire sur une piste avec simplement un accordéon ? Mystère. C'est la présence, le fait d'être habité par un éclat qui se prolonge chez les autres. Il y a une part de soi-même qui doit être transmise. C'est comme chez un prédicateur. Il faut donner de soi en étant conscient que l'on tire les manettes.

Il faut avoir le culot de ses sentiments. Aujourd'hui, on n'ose plus. L'autre jour, dans la rue, une femme m'a dit : « Merci pour tout. » C'est émouvant, je vous assure. Je ne peux pas vous dire comment je joue, c'est ce que vous ressentez qui compte.

On ne peut jamais prévoir comment ça va se passer. Non seulement chaque film est une aventure, mais chaque prise est une aventure d'une minute et demie, qui ne se répète jamais…

J'ai commencé à 16 ans au centre du spectacle avec des professeurs qui m'ont tout de suite appris la vérité. Vous pouvez toujours utiliser des artifices, mais vous ne pouvez pas truquer la sincérité. Nos folies avec Poiret n'étaient basées que sur cette capacité à convaincre, donc à paraître sincère. Les acteurs sont des menteurs. Oui, mais ils le font avec conviction et, plus le mensonge est gros, plus il importe d'être persuasif.

Jouvet disait : « L'essentiel est de devenir lentement ce que tu es. » Je trouve cela joli. Je suis assez patient avec moi-même. Je n'ai pas fait tout ce que je voulais et je ne suis pas toujours satisfait de ce que j'ai fait. Mais quand je regarde ce que j'ai joué, encore aujourd'hui, je crois toujours à l'impossible : au film qui me fera faire un nouveau saut périlleux.

Avant, avec des acteurs comiques comme Poiret, Blanche ou Jean-Marc Thibault, on faisait de petits films, mais on s'amusait. Maintenant, on tourne n'importe quoi et on ne s'amuse plus…

Il n'y a pas de grands acteurs s'il n'y a pas de grands rôles.

Nous sommes les descendants des bouffons. Molière, c'est le divertissement, c'est le partage. Depuis cinquante ans que je fais ce métier, c'est une conversation ininterrompue avec les gens. Je leur raconte une histoire : un jour je propose Harpagon, un jour Petiot. La vérité est cachée à l'intérieur, profond. Elle n'est pas dans les apparences. Nous trichons tous dans la vie, spécialement les comédiens. Mais pour tout le monde, il y a une nécessité, pour vivre et pour jouer, d'envoyer un moment de vérité. Cette seconde de vérité sous beaucoup de fausseté, c'est elle qui compte, et elle qu'on veut partager. Il faut vendre l'âme. C'est pour ça que les mots au théâtre ne sont rien sans les intentions. On peut dire « je vous aime » en pensant et en faisant comprendre « je vous hais ».

Le bavardage est mon fond de commerce. J'emmagasine des tas de trucs que je ressors de mon grenier secret le cas échéant. J'ai juste un petit problème, je suis boulimique, j'avale et ne mâche pas assez.

Mes personnages, il faut surtout qu'ils aient une cohérence, après quoi, je me charge de les faire exister et de leur donner l'incohérence de la réalité : parce qu'on est toujours fait de quantité de contradictions et de paradoxes. Je suis prêt à tout jouer. Je suis un type moderne. Si on me dit : « On a besoin de votre oreille, ou de votre main », je peux jouer avec mon oreille ou ma main en gros plan. Même si on ne voit rien d'autre, pourquoi pas ? Mais il faut que ça corresponde au style du film. Chaque film est une fable, du moment qu'elle a sa logique et qu'on ne s'ennuie pas. Il faut aussi qu'on comprenne un peu. Quoique… Après tout, si on passe un bon moment, qu'est-ce que ça peut faire si on repart sans savoir de quoi il s'agissait ? Quand on écoute de la musique, on ne se demande pas ce que ça raconte.

Être acteur, c'est vivre une aventure qu'on ne maîtrise pas complètement, loin de là. On doit être conscient, poser des questions, avoir une idée, mais ensuite vient un moment d'abandon nécessaire, où il faut laisser le travail se faire avec les émotions du moment. Je sais en gros où je veux aller, mais je ne sais pas qui va me donner la réplique et comment cela changera la trajectoire. Mais c'est ce moment créatif, où les choses se fabriquent concrètement, qu'il faut préserver par-dessus tout. Certains réalisateurs ont déjà leur film tout fait sur le papier, mais on peut les tromper. On peut jouer à l'envers, et dire le contraire avec les mêmes mots… La manière de jouer évolue. Changer le sens de l'histoire ? Elle a toujours plusieurs sens, l'histoire.

La manière de jouer évolue, parce que l'apprentissage du métier compte moins. Avant, il y avait une formation artisanale au métier, on se cherchait des maîtres. Aujourd'hui, on peut arriver de n'importe où, jouer un rôle du jour au lendemain : on est ce qu'on est dans la vie. Ce n'est pas la même manière de se servir de soi-même. Mais on ne va pas épiloguer là-dessus : déjà, au temps du *Cri du cormoran le soir au-dessus des jonques*, où je jouais avec un jeune inconnu, Gérard Depardieu, je lui racontais le métier et Audiard me tapait sur l'épaule en me disant : « Tu vieillis… »

Ça paraît évident, si un comédien n'aime pas le public, il ne faut pas qu'il fasse ce métier-là. Même Molière voulait plaire aux gens. Évidemment, on peut plaire avec de bons et de mauvais moyens, mais il n'y a que les snobs pour accepter de mauvaises et ennuyeuses pièces.

J'aime faire rire, puis ramener le public à la vérité du personnage dont il s'est moqué. C'est une banalité, mais si vous n'installez pas une certaine humanité dans celui que vous jouez, vous n'incarnez qu'un guignol et ce n'est pas le rire que j'aime.

Mon truc, c'est raconter des histoires, mais pour dire des choses impossibles. Faire croire, dans un film, que je sais cuisiner, c'est bien, mais si ça ne va pas plus loin, ça ne m'intéresse pas. J'aime aller vers la folie et l'absurde, d'une manière à peu près invisible, inventer pour accrocher le poisson au bout de l'hameçon ; c'est dire au spectateur qui est dans la salle : je te tiens et je vais te raconter une histoire invraisemblable.

Il faut éviter le complexe du comédien « au service de l'auteur » ; ensuite, ne pas tomber dans le snobisme intellectuel d'aujourd'hui, qui consiste à piller un texte pour le rendre plus « actuel ».

Le théâtre offre une communion immédiate, un lien sacré…

Ce métier est un don de soi. Encore faut-il ne jamais l'oublier.

Les acteurs doivent faire comme les trapézistes d'antan. Jouer sans filet ! Il ne faut pas essayer de tout dominer. Ce qu'on fait de mieux, c'est ce qui nous échappe.

Quand on récompense des amateurs, je ne comprends plus. J'aime mieux regarder le journal ou les documentaires pour voir la vérité ! Le cinéma, le théâtre, ça passe par les poètes. On se fout des constats. Pour cela, je regarde les gens dans la rue ! Le cinéma, c'est comme un tableau : on est là pour transformer la réalité. Ce n'est qu'une histoire qu'on vous raconte.

Si l'on n'a pas un peu d'éthique dans ce métier, qu'est-ce qu'on est ? Des m'as-tu-vu sans aucun amour, sans respect ? Ce serait alors un métier inutile.

Communiquer ! J'adore ce métier parce que j'adore communiquer. Jouer la comédie, c'est ma manière à moi de m'exprimer. D'exprimer tout ce que j'ai en moi : mes interrogations et mes espoirs, mes doutes et mes certitudes. Et tout le reste… Je ne suis pas écrivain, je ne suis pas peintre, je ne suis pas musicien, mais je suis comédien… Je pense que si j'ai certaines qualités qui me donnent de temps en temps l'impression de réussir, c'est parce que j'ai des choses à dire aux gens et que j'aime ça. C'est ma méthode : ne vous moquez pas trop des gens dérisoires, parce qu'ils peuvent tout à coup vous émouvoir plus que vous ne le pensez. Alors, bien sûr, quand je fais un film, un rôle où il n'y a rien à transmettre, ça ne m'intéresse pas beaucoup.

Profitons-en pour fausser compagnie à la réalité et emmener les spectateurs dans un autre monde. On est là pour inventer, imaginer, interpréter. Il est permis, nécessaire même, d'aller au-delà des mots, des apparences, pour transmettre la vie secrète qu'ils recèlent. C'est comme ça qu'on actualise les grands textes classiques, qu'on les rend efficaces pour nous, en allant chercher derrière les mots ce que ça veut dire. On peut aller loin avec une phrase toute bête.

Les grandes émotions naissent quand un comédien a mis le spectateur en route vers ses propres rêves. Il faut que le spectateur participe, se donne un peu de mal.

Je sais qu'on m'appelle « le grand manipulateur ». Et ça me flatte, bien entendu. Le métier d'acteur exige la manipulation, à commencer par la manipulation du metteur en scène. Le réalisateur a une idée de la façon dont vous devez jouer une scène. Vous, vous en avez une autre. Vous le laissez d'abord proposer sa solution. Ensuite, vous en proposez une autre, dont vous savez que ce n'est pas la bonne. Il finira toujours par en accepter une troisième. À condition qu'il ait envie lui-même de se laisser manipuler. Le plaisir commence là, sinon je ne m'embarque pas avec lui. Quand quelqu'un vient me trouver en me disant : « Je vous ai choisi pour ce rôle parce que je sais exactement ce que vous allez faire », je lui réponds : « Alors partez, monsieur ! » Ce qui m'intéresse, c'est de tout remettre en question. Je ne suis pas un instrument muet. Je ne peux pas ne pas prendre mes responsabilités. Et l'on doit comprendre qu'il faut me laisser de l'espace, du temps…

Le cinéma est un art pressé et il a tort ! Je n'aime pas qu'on me bouscule. Au théâtre ou au cinéma, vous avez d'abord une connaissance superficielle du texte. Et puis vous entrez au fond de l'histoire, au cœur des scènes. Un jour, on dépasse les mots, comme un musicien qui a travaillé ses gammes avant de jouer une suite de Bach, et là, on atteint l'âme. Alors, toutes les libertés sont permises. On peut donner le maximum. On ne trahit pas, mais on n'a plus besoin d'être respectueux. On interprète. On a étranglé le texte.

La vérité ? Les acteurs qui préparent leurs rôles en allant faire du vrai pain dans des vraies boulangeries, je trouve ça nul. Notre métier, c'est de faire croire, pas de faire vrai. Une bonne contorsion, bien trouvée, c'est souvent ce qu'il y a de plus juste. Question de flair. Un jour, un critique, qui sans doute aimait les bêtes, avait écrit : « Évidemment, Serrault n'est pas intelligent. Mais son instinct est tel qu'il s'en rapproche. »

Le fin du fin ? C'est le divertissement gratuit. La joie de faire rire, qui est une ivresse, un pouvoir…

Le métier de comédien est extraordinaire : c'est un métier d'intention. Derrière les mots, on cherche des intentions, et elles fourmillent, on n'a jamais fini d'en inventer. Je dis *inventer* parce qu'il est évident qu'un auteur ne les a pas toutes mises consciemment.

Les vertus d'un comédien ? La curiosité, le goût de mentir, la gourmandise. Il faut être gourmand de tout ce qui est beau ou drôle. Il faut se régaler d'un texte, le déguster, le digérer longuement. Un des grands secrets pour bien travailler est d'être patient avec soi-même. Ne pas vouloir quelque chose tout de suite, parce qu'il ne s'agit pas de démontrer, mais d'être, de « respirer » le rôle, comme disait Dullin. Tout ce qui paraît incompréhensible disparaît avec le temps. Et il m'arrive à la fin d'un film de me dire : « Pourquoi n'ai-je pas pensé à ça ? » Le temps inscrit les choses dans la réalité, naturellement, sans forcer. Rien de pire que ce qui est forcé. Quelqu'un qui arrive en décrétant : « Je vais vous faire rire », c'est terrible ! Pour moi, le rire idéal naît de la banalité, d'une conversation anodine. La satire ou la caricature ne sont pas le fin du fin du comique : on voit trop les ficelles. Il faudrait faire du comique comme Fred Astaire faisait de la danse. Avec rien. Du vent. Un regard, un geste. Là on atteint une certaine pureté. C'est l'art des clowns. J'aime la gratuité parce qu'elle est insaisissable et inexplicable. Il y a un mystère et je m'incline devant le mystère.

Je crois qu'il faut être pratique et raisonnable, avoir du bon sens. Le théâtre n'est pas une espèce de liturgie bizarre et absconse, le comédien n'est pas un illuminé en proie à on ne sait quelles transes lyriques. Si on croit ça, on ne peut pas rejoindre l'humanité. Je n'aime pas le réalisme, mais je pars toujours de la réalité, et je n'aime pas les gens qui ont perdu contact avec elle. J'ai besoin de savoir ce que je fais, d'être responsable de ce que je dis. C'est mon seul point dur : je ne peux pas admettre l'idée d'une espèce de neutralité de l'acteur, qui s'effacerait devant ce qu'il joue, qui ne pourrait pas justifier ses regards, ses intonations. Un comédien n'a de présence que s'il s'exprime, s'il habite ce qu'il dit. Je suis très vigilant à cet égard-là et ça ne me rend pas très manipulable.

C'est passionnant de laisser à un personnage toutes ses ambiguïtés. La seule chose qui m'intéresse vraiment au théâtre, c'est que les spectateurs sortent de la représentation en se posant des questions ; et en osant peut-être se remettre en question eux-mêmes. Moi, les plus beaux moments de « théâtre » que j'ai vus, c'est à la télévision, l'interview d'un philosophe ou d'un scientifique qui, comme par miracle, sait être simple, et apporte du sens à mon existence. Je ne raterais ces prestations-là pour rien au monde.

J'ai quelques principes. J'exige déjà qu'un acteur soit « bien élevé », c'est-à-dire qu'il se laisse guider par le texte, qu'il joue simplement la situation sans essayer de la tourner à son avantage… Et je veux qu'il écoute ! Or, sur la plupart des scènes de théâtre, personne n'écoute plus personne ! Je mets au défi n'importe quel spectateur de monter sur le plateau et de demander à un acteur, jusque-là silencieux, à quoi il pense ; je suis sûr que ce dernier répondrait immédiatement : « À rien. » C'est tragique. Car plus on écoute ses partenaires, plus la salle les écoute, et mieux on leur répond, mieux on instaure l'échange. Et le théâtre, c'est juste un échange.

J'ai la réputation d'écouter assez « violemment » mes partenaires et de ne pas hésiter, en répétition, à les traiter allègrement de « nullités »… Mais je ne le dis qu'aux gens que j'aime.

On peut penser que j'ai l'amour vache, mais n'est-ce pas un péché de ne pas faire ce qu'on pourrait faire ? Quand je vois un menuisier rater une chaise, j'ai la même fureur que lorsque je vois un comédien indifférent à ce qui se passe autour de lui. Bon sang ! On ne joue pas qu'avec les lèvres, mais avec tout son corps aux aguets, en tension. Au théâtre, aucun acteur n'a de « présence » innée : il doit juste avoir une « volonté » de présence...

Je n'aurai dans ma vie à regretter qu'un seul rôle pour lequel je me sentais vraiment fait... Le Misanthrope. Mais je n'ai plus l'âge et je ne suis pas un acteur classique... On m'a d'ailleurs plusieurs fois refusé au Conservatoire... Sans doute parce que je déteste jouer « droit ». J'ai besoin d'aller « contre » ; de mettre l'émotion là où on ne l'attend pas ; de serrer soudain la vis quand le rire du public devient trop gras. Une manière de leur dire : « Vous avez tort de rire, ce type n'est pas si ridicule que ça ! »... J'ai horreur des opinions toutes faites sur les personnages. J'ai besoin de semer le doute et de racheter même les âmes réputées perdues...

Après quarante ans de métier, jouer est toujours une aventure. Et quelle aventure ! Quelle frousse quand le rideau se lève ! Quel long tunnel à affronter… On est dans un état second ; on ne sait jamais si on va arriver à bon port. Mais dans ma vie, après tout, j'ai toujours pris des risques.

Je ne suis pas commode et je comprends qu'on y regarde à deux fois avant de me supporter sur un plateau. Parce que j'ai un gros défaut : je ne peux pas travailler seul, j'ai besoin de chercher avec les autres. Or on aura compris que j'ai le coup de gueule facile… Mais comment se passer des répétitions en commun ? Entre la pièce lue et la pièce matérialisée dans les décors, il y a un monde ! Un monde aussi dès que l'acteur se retrouve au milieu de ses partenaires, avec tout ce que ça peut déclencher dans sa tête, dans sa mémoire et même dans ses pieds…

C'est une terrible aventure que de jouer. Faut avoir la santé. Moi qui suis un acteur physique, hypertendu, j'ai besoin de constamment me surveiller.

Le théâtre, ce n'est pas un passe-temps, ce n'est pas comme le golf, une soirée mondaine, un thé ou un divertissement. Tout ça, c'est sans intérêt ! On fait trop de spectacles façon traiteur — pêches au mois de décembre, pommes à l'encaustique, et quand on mord dedans, on s'aperçoit que c'est du navet…

La plupart du temps, les acteurs sont trop loin des gens. La comédie, ça ne se joue pas sur le ton de la conversation de salon, du bout des lèvres. Une grande comédie, une grande soirée de théâtre, c'est quand deux mecs se sont parlé. Il faut trouver la justesse de l'échange avec son partenaire, découvrir la cadence de la pièce, son rythme ; pour cela il faut du temps, du travail, du travail, du travail.

J'aime les fous. Peut-être parce que j'ignore à quel moment on le devient ou parce que je sens que tout peut arriver, que nous avons en nous l'attirail nécessaire… Je crois beaucoup aux circonstances. Devenir un héros ou un salaud, c'est parfois juste une histoire de courant d'air… Alors j'aime jouer à tout vent, ouvert, disponible, béant : devenir une espèce de terrain vague d'où jaillit je ne sais quel mystère. Voilà pourquoi je suis tellement inquiet quand je commence un film. Tant qu'on n'a pas crié : « Moteur ! », je ne sais absolument pas comment je vais jouer le rôle… J'attends cet ultime moment où il faut absolument le «faire»; et je pars du concret... Ça me fait beaucoup rire lorsqu'on me présente un scénario qui a soi-disant été écrit pour moi. Moi, je ne sais jamais.

Je n'ai pas de personnalité, pas de physique. Il m'a toujours fallu trouver un détail pour attirer l'attention : me déguiser pour exister. Sinon, on ne me voit pas. Et comme je veux toujours dépasser l'apparence pour montrer les contradictions d'un personnage, il me faut précisément lui composer une apparence forte pour aller au-delà, déraper, avoir les moyens de ne jamais jouer «droit». C'est peut-être un don du diable...

Dans les pires personnages, je cherche à montrer ce moment de détresse absolue qui efface l'horreur, et où, l'espace d'une seconde, peut naître la grâce qui rachète tout...

C'est parce que j'y crois profondément que je me sens capable de tout interpréter, Hitler ou Nosferatu... Ne m'a-t-on pas, par exemple, dans un registre il est vrai différent, proposé d'incarner De Gaulle, Pétain et Staline!

J'ai besoin de comprendre l'évolution d'un tournage, le pourquoi de tel ou tel plan. Ça traumatise les incapables ! Tant pis ! Tout ce que je demande à un cinéaste, c'est quelle est l'histoire qu'il veut raconter et comment…

Faire rire reste pour moi le témoignage de la plus irréductible liberté. Et ça me rajeunit. Hélas, si je ne fais plus de films comiques, c'est qu'on ne me propose que des fadaises : j'ai trop de bons souvenirs, je ne veux pas les gâcher !

Cela fait des dizaines d'années que je joue, j'ai commencé à 16 ans. Tous les deux ans, on disait : « Il est à un tournant de sa carrière. » Je pense plutôt que je négocie tout le temps mes virages. À moins que je ne tourne en rond.

Une fois, nous cherchions un comédien avec Christian de Chalonge. On a fait lire la pièce. L'un des acteurs n'était pas libre, l'autre trouvait cela très beau mais nous a dit : « Cela ne va pas faire vingt mille entrées. » Nul ! Nul ! C'est nul de dire ça. Qu'il me dise : « Je n'aime pas le rôle ou l'histoire », mais qu'il s'inquiète à 30 ans de savoir s'il va faire vingt mille entrées !... Je dis qu'il ne fait pas partie du métier.

Si Fellini — que j'ai rencontré — me dit : « Michel, je n'ai rien à vous faire lire. Je vous explique mon film, mais je ne sais pas encore ce que vous direz ? Vous viendrez sur le plateau trois semaines avant et je vous montrerai les décors », c'est un autre langage ! Là, j'ai le droit de risquer gros. Parce que c'est Fellini. Mais il est normal de prendre des précautions avec des ringards.

Un comique doit aussi être auteur et metteur en scène, sinon il est trahi. J'ai eu des difficultés avec les metteurs en scène de films comiques. Vous improvisez un gag visuel dans l'instant. « C'est magnifique », dit-on. La scripte annonce deux minutes trente secondes. Ce n'est pas compatible. Imaginez Chaplin exécutant la danse des petits pains et le metteur en scène lui disant que ce qu'il vient d'accomplir est somptueux mais qu'il faut le refaire en une minute trente...

De Funès a du talent. Il n'a jamais trouvé de grand metteur en scène. C'est le drame des comiques.

Je ne sais jamais quelle prise sera la bonne. La difficulté est de retrouver les intentions qui se cachent derrière les mots. Là se trouve l'art de l'acteur. Les mots sont des synthèses. C'est la raison pour laquelle ils veulent tous jouer *Le Misanthrope.* Chacun croit que le voisin n'a rien compris.

Professionnellement, si je discute, c'est pour améliorer les choses. Je ne comprends pas la démarche des gens qui refusent de parler. Moi, je ne baisse pas les bras. Tout ce qu'on fait, on doit le faire à fond. Même dans les films anodins ou ridicules, il faut donner le maximum. On peut toujours en tirer quelque chose. On baisse les bras pour vivre. J'ai un tas de raisons d'abdiquer. Tant que je pourrai, je marcherai.

Il faut oser influencer un metteur en scène. Je me souviens de l'un d'eux qui rabrouait un de mes partenaires en disant : « C'est affreux, tu joues comme à la Comédie-Française ! » Je lui ai rappelé que là-bas il y avait eu Bruno, Pierre Dux, Debucourt et bien d'autres qui n'étaient pas si mal. Et il s'est excusé. Seulement, deux minutes plus tard, il apostrophe un autre comédien : « Affreux ! Tu lances la réplique comme au boulevard. » Là, il m'a fallu lui rappeler que j'en venais et que pourtant il m'avait engagé. Oui, il faut bien souvent se battre contre les metteurs en scène.

Il faut toujours partir de la vérité pour faire rire. Et Paris a besoin de rire. J'ai fait du théâtre parce qu'on y riait. En ce temps-là, il y avait Guitry, Tati, Dhéry, les chansonniers et bien d'autres. Maintenant, il n'y a plus que le rire vulgaire ; même à Molière, il faut pleurer. C'est à pleurer.

Comique ou dramatique, un rôle c'est comme un *ad libitum* en musique. La partition est là, mais la suite appartient à la grâce du concertiste…

Chacun de nous, dans la journée, se transforme en combien de personnages ? Arrêter l'imagination d'un texte à la lecture est une erreur totale. Ce qui fleurit, c'est ce qu'il y a derrière. C'est comme du terreau, pour ne pas dire du fumier. Ceux qui ne veulent rien voir pousser ne m'intéressent pas.

Quand j'arrive sur un film, il ne faut peut-être pas le dire, mais j'ai toujours l'impression que c'est la première fois.

Ne jamais vouloir épater, c'est la loi. Tant mieux si vous, public, tombez un soir où nous serons épatants ! Un autre soir, nous serons seulement excellents. C'est la beauté du théâtre, et c'est son mystère.

En face d'un chef-d'œuvre, je me bats contre ma nature, ma vision personnelle et la nécessité de m'effacer devant un grand texte. Je renonce à faire un numéro d'acteur, mais également à celui d'un metteur en scène. Il faut qu'il existe une grande complicité entre les deux, être au service de l'auteur et donner libre cours à l'invention. C'est difficile de conserver son identité sans trahir le personnage.

Si j'étais un saint et que, par malheur, sur scène je sois incapable de dérider le public, je devrais avoir le courage de déclarer aux spectateurs : « Mesdames et messieurs, ou bien la pièce que j'ai choisi d'interpréter est mauvaise, ou bien je suis un exécrable comédien. De toute façon, comme un capitaine courageux, je sombre avec mon navire. Rideau ! »

Je rêve d'une histoire que j'aurais contrôlée, d'un metteur en scène que j'aurais choisi.

Il n'y a plus de dialoguistes. Les producteurs sont des marchands de soupe… Tout le monde s'en fout ! Mieux vaut jouer un muet dans un film de Mocky.

Quand on écrit spécialement pour moi, c'est pire, parce que ça ne me correspond pas du tout. Les gens se trompent, ils confondent tout. Finalement, c'est très difficile de faire une carrière en changeant d'emploi.

Le travail des acteurs, c'est le hasard et la nécessité. Si on fait des choses bien, c'est un peu le hasard ; le reste, c'est la nécessité. On travaille comme les autres, on est dépensiers, on bouffe nos sous, on a des dettes… Il faut tourner et basta. Le reste, c'est du roman. Moi, les gens m'emmerdent quand ils parlent de carrière et de choisir. Il y en a qui ont du pot et qui ont tourné de beaux films, et puis il y en a, même parmi les plus grands, qui ont tourné n'importe quoi. Il ne faut pas avoir peur de le dire. Cela dit, même si on fait n'importe quoi, on peut s'amuser. Je ne descends pas à la mine ! Et puis si tout le monde se mettait d'accord, il y aurait toujours moyen de faire quelque chose. Tout est arrangeable. Au théâtre, on y arrive bien. Regardez le nombre de pièces minables qui ont fait carrière grâce aux acteurs !

À entendre les autres, tout le monde s'entend bien, le cinéma est merveilleux, une entreprise extraordinaire… C'est des conneries ! Ça devient pasteurisé.

J'ai besoin sur une scène de ne pas avoir de cons en face de moi. Alors, c'est vrai, je suis grossier.

Parce que j'ai des convictions, j'ai du respect pour tous les personnages, et il n'en existe pas qui ne s'accordent pas avec ce que je crois. Il n'y a pas de clause de conscience, et je pourrais jouer n'importe quoi parce que nous sommes tous n'importe quoi : je refuse d'être sectaire. Mais en jouant, on peut influer sur les personnages pour atteindre quelque chose d'essentiel en eux.

Il y a trente ans, les navets étaient joués par des gens comme moi qui s'amusaient et avaient le désir d'amuser les autres. À vingt-cinq ans, on ne se prenait pas la tête entre les mains en se demandant si on avait trouvé la vérité. Francis Blanche, Jean Yanne, Darry Cowl, Poiret et Serrault... On savait tous ce qu'on jouait : des variations autour d'une imbécillité, une fantaisie. On a perdu cela, cette distance où l'on pouvait se dire « amusons-nous, ce n'est pas très grave ». Aujourd'hui, à vingt-cinq ans, les acteurs arrivent avec des attachés-cases, épluchent les contrats et sont mauvais. J'avais retrouvé Poiret sur le dernier film de Mocky à Lourdes. Nous avons ri en jouant ! On ne rit pas souvent au cinéma, mais avec Mocky, oui. La drôlerie, c'est quelque chose qui se partage. Avec des acteurs, un metteur en scène. Si on est en face de visages fermés, que voulez-vous faire ?

Jouer la comédie comme je la joue, c'est vouloir que mon métier serve aux autres. Par auteur interposé, je parle aux gens. L'autre jour, devant le théâtre Mogador, un monsieur m'arrête et me dit : « Vivez longtemps pour nous. » Avec Poiret, quand on tournait à Lourdes avec Mocky, les gens nous embrassaient les mains. On donne un peu d'évasion aux gens. C'est tout de même mieux que de vivre seul. Toute ma vie a été marquée par la religion, par le don de soi aux autres. On devrait être sur terre pour cela. Le reste est bagatelle.

J'ai toujours une oreille pour le public. C'est elle, surtout, qui m'indique à quel moment je dois envoyer ma réplique. Pour qui sait l'entendre, il s'instaure donc entre la salle et la scène une véritable partie de tennis. Le public devient globalement un monstre avec lequel on mène un match. Si on rate une balle, c'est qu'on n'a pas assez écouté. Un acteur incapable de se couper en deux, entre le plateau et les spectateurs, sera mauvais à vie. Il faut être en parfaite forme physique, toujours aux aguets, comme un dompteur devant ses lions.

Moi, je suis condamné à m'inventer des combines médiocres pour chaque rôle. Car l'habit fait le moine. L'apparence compte plus que tout ; surtout pour celui qui se grime. Il se sent enfin perçu autrement. Différent. Mais au fond qui est-il, où est-il et pourquoi ?

Un acteur doit avoir envie de remuer les spectateurs, de les éveiller, de leur transmettre quelque chose. De leur faire découvrir par exemple qu'ils ont en eux des trésors de perception, de charité, de bonté. Être acteur devrait permettre d'aller au-delà; de refuser ce que nos yeux voient, mais de chercher ce qui peut exister après... Évidemment pareille démarche peut mener à Dieu. La vie nous est donnée pour aller au-delà de la vie. Il y a toujours une possibilité. J'essaie, quant à moi, de refuser tout confort facile, de rester obstinément curieux.

Après tout, on a le cinéma qu'on mérite. Sans doute est-ce l'ensemble de la France qui manque de curiosité, de punch, d'envie. Au lieu de crever les nuages, les gens, pantouflards, restent dans la brume. Ils sont fatigués, ils sont las. Il faudrait que chacun retrouve le sens des priorités.

Le théâtre, c'est aussi une question de survie. La mort donc, et la vie.

Il est vrai aussi que chaque génération a son interprétation, solidaire de sa vie : l'acteur reflète toujours un peu son temps.

Le jeu est une tromperie que nous acceptons, le public et moi.

Aucun personnage que j'ai joué ne me ressemble ; je ne me sens proche d'aucun d'entre eux. Mais je sais bien que je suis aussi l'assemblage de tous ces visages-là. Qui voudrait faire mon portrait aurait à composer un puzzle.

Un grand comédien se mesure à la pudeur. S'il suggère tout, il n'est pas bon. Ce n'est pas à nous, acteurs, d'expliquer notre personnage, c'est à vous, public, de l'inventer.

Je dis en général « oui ou pourquoi pas » à tout. Je suis toujours « pour », d'abord et par principe. Et puis, par fainéantise. Même quand je lis un scénario et que je n'en comprends pas un mot. Je ne retiens qu'un détail idiot, qui excite mon imagination. Je travaille dessus, je suis patient, j'attends. Je relis le scénario. Et je cherche des justifications à ce qui me paraît incompréhensible. Mais des justifications qui me séduisent, c'est-à-dire bizarres, décalées.

Un comédien n'intéresse plus personne s'il est trop raisonnable. Pour bien faire ce métier, il faut être différent et fou. C'est pour ça que le public a besoin de nous.

Un comédien doit juste connaître l'univers où il se place. Pour moi, les acteurs de « boulevard » sont les meilleurs du monde. Impossible pour eux de se retrancher derrière une tradition, une poésie, un ton, un message. Ils doivent payer comptant. Si j'avais été directeur de théâtre, j'aurais choisi Maillan, Poiret, Pacôme ou Galabru pour jouer Claudel ou Racine. Avec eux, au moins, on comprendrait.

Le comédien doit sublimer les choses, les transposer. Il doit jouer avec les mots comme le faisaient Pierre Brasseur et Jules Berry. La vérité de Jules Berry, c'est plus grand que la vérité. Le génie de Brasseur ou de Michel Simon, c'est plus important qu'une bande d'actualités. Je le répète, un film, c'est toujours un mensonge, une tricherie. La vie de Pasteur en une heure trente, c'est forcément arrangé. D'ailleurs, sur un plateau, tout le monde triche, l'auteur, l'opérateur, le directeur photo. Le soleil n'arrive jamais du bon côté, mais quel soleil ! C'est un soleil plus beau que le soleil. Alors pourquoi les comédiens seraient-ils les seuls qui ne devraient pas jouer aussi en trichant ?

Je dois aller chercher ma composition de l'intérieur. Je me transforme de l'intérieur. C'est-à-dire que mon instrument, c'est moi. Je joue du Serrault.

Je n'ai envie de rien. Chaque fois qu'on m'en propose, je me dis : « Est-ce bien nécessaire ? » Ce qui compte pour moi, c'est qu'il me faut absolument m'amuser, même lorsqu'il faut faire pleurer les gens. Je cherche les affinités avec les autres pour aller plus loin dans ce que je joue. Je ne veux pas dire que tout ce que j'ai fait jusqu'à présent ce n'était que des gammes pour pouvoir faire mieux un jour. Mais c'est presque cela. Je cours encore après le grand rôle. Un personnage d'une ambiguïté totale qui permette le jeu dans le jeu.

Quand je jette un regard en arrière, je me demande pourquoi j'ai tant tourné. Parce que j'ai aimé tel scénario, tel rôle, tel metteur en scène ? Parce que celui-ci est un ami ou parce qu'il est un ennemi que j'ai voulu affronter ? Parce que tel film m'a donné l'occasion de travailler avec tel partenaire ? Parce que le cachet est important ? Bref, il y a mille raisons d'accepter un film. Le principal, c'est le plaisir : je me décide en imaginant le plaisir qu'aura le public en découvrant le spectacle.

Il y a des gens qui ne veulent pas le croire, mais c'est la vérité : on peut être heureux sans le cinéma !

Il y a ce phénomène formidable qui est à la base de l'amusement, de l'invention, qui est le ressort même de la drôlerie : l'improvisation qui fait que tout est renouvelé chaque jour.

Le problème est un peu différent quand on parle du comique, puisqu'il passe par la personnalité de l'acteur. C'est pour ça qu'il y a plus souvent des conflits, quand vous faites du comique. Dans les films sérieux, on peut toujours trouver, comme à la guerre, des arrangements. Mais dans le comique, on ne peut pas mélanger les choses et vous ne pouvez pas imposer à quelqu'un qui a une nature comique, une autre façon de faire, puisque c'est propre à lui-même.

La pudeur, ça existe chez les acteurs. Il y a un moment où c'est le moment de vérité et on ne peut plus tricher avec la matière. On retarde ce moment. Souvent, au théâtre, on le retarde jusqu'à la première.

Vous n'êtes jamais prêt. Vous n'êtes prêt que lorsque cela doit se passer : avec le public ou quand on dit : « Moteur ! » Nous sommes tous menteurs, pudiques, peureux, nous avons peur d'être jugés, sur le plateau. On a peur de se montrer sous un angle défavorable. Si on sait cela, on sait qu'il ne faut jamais provoquer les choses, celles qui sont systématiques ou raisonnées et qu'on veut appliquer comme des recettes qu'on aurait. Il faut avoir confiance, mais ce n'est pas facile, parce que parfois, on a l'impression d'entrer dans un tunnel.

Ce qui m'intéresse le plus, c'est la rareté de ce que l'on peut tirer d'un moment où l'on se sent en insécurité. C'est prétentieux ce que je vais vous dire là, mais je le ressens pour les autres, on perd tous ces moments rares. Le produit que vous vendez, il est bien poli, bien astiqué, bien empaqueté, mais il lui manque une petite saveur et c'est cette saveur-là qui fait que ce n'est pas comme tout le monde ; peut-être que c'est ça la rareté du film.

Si je joue la comédie, c'est pour faire mentir les mots.

Rien ne m'agace plus que ces crétins qui viennent me dire au théâtre : « Et alors, vous n'en avez pas marre de jouer cinq cents fois la même chose ? »

Posséder les gens, c'est ça mon but. Depuis que je suis tout petit. Avec des mots, des personnages, des situations. Plus on m'assimile à quelqu'un qui n'est pas moi, plus je suis content. Quand on est acteur, il faut dépasser sa responsabilité d'homme à la ville. Il faut assumer totalement l'autre. Comment faire autrement ? Comment jouer un con si on se dit qu'on n'en est pas un ? Hein ? Comment ? Tous ces gens qui prétendent coller à la vérité, moi je dis qu'ils sont à côté de leurs pompes.

Je n'aime pas refaire ce que j'ai déjà fait. Je n'aime que me provoquer.

Avec Jean Poiret, nous essayions avec jubilation de nous amuser en recréant les styles comiques d'autrefois. Aujourd'hui, les auteurs écrivent sans tenir compte du public, de sa finesse, de sa drôlerie et de son humour. On ne lui donne plus la possibilité de s'éveiller, d'apprécier le rire, on lui assène des recettes éculées.

Pour être un Français moyen si parfait, un Dupont-Lajoie à chaque fois plus convaincant, bref un sublime minable contemporain, je me dis tout simplement qu'on est tous des pauvres types. La connerie étant notre matière première à tous, on fait tous avec, et moi aussi.

De toute manière, je me fiche de mon image. J'essaie simplement de faire des choses intéressantes et toujours très différentes. Je cherche en moi, à chaque film, des choses nouvelles. C'est la création seule qui m'amuse. C'est me coltiner avec des gens, lors d'un tournage, et à des rôles que je n'aime pas forcément.

Je comprends vite, mais le malheur c'est que parfois il n'y a rien à comprendre. C'est ce qui me fait penser que nombre d'acteurs sont beaucoup plus qualifiés que les metteurs en scène. Cela m'amuse toujours lorsqu'un metteur en scène me dit, glorieusement, que je n'ai jamais fait cela dans un autre film. C'est un peu comme s'il s'imaginait, ce présomptueux, qu'il m'avait mis au monde.

Si j'ai toujours été aussi emmerdant ? Sur la conception de l'acteur, oui. Je n'ai pas changé. Même quand je faisais dans la gaudriole. Alors bien sûr, maintenant, je peux en plus être sélectif.

Le théâtre, c'est la libération du potentiel moral et physique de l'individu des deux côtés de la rampe (qui d'ailleurs n'existe plus). Ça permet de se mettre en transe et de mugir. Voilà le théâtre utile.

Mon principe lorsque je prépare un rôle, c'est de l'aborder en douceur, patiemment, sans bousculer le personnage. Si j'ai quelques semaines devant moi, je le laisse mûrir dans ma tête, dans ma sensibilité, dans mes muscles, sur mes lèvres. Je polis, j'effile ses contours. À la première répétition, je ne le joue pas encore, je laisse la situation et le texte m'imprégner. La façon dont un acteur interprète un rôle doit s'imposer à lui, ce n'est pas au metteur en scène de la lui imposer.

Ce qui me paraît curieux, c'est que chaque cinéaste m'emploie pour des raisons différentes et généralement contradictoires. L'un me dit : « Ce qu'il y a de remarquable en vous, c'est votre côté diabolique », un autre : « C'est votre tendresse », un troisième : « Ce que j'adore, c'est votre tempérament clownesque ! » À tous, je réponds : « Très bien » ; j'accepte docilement d'être à la fois tous ces contraires. En réalité, chacun découvre en moi une facette qui sert son petit univers. Mais je ne pense plus à mes personnages sitôt que j'ai cessé de les jouer. Ils ne m'intéressent plus. Seul compte le suivant. Ma carrière est une succession de gammes à propos de toutes sortes de personnages. Le merveilleux dans la profession d'acteur, c'est notre perpétuelle envie de recommencer, de sauter d'un rôle à un autre !

Le comique réaliste a son intérêt, mais la réalité, nous la voyons du matin au soir à la télévision. Ce qui me plairait, ce serait de partir de situations plausibles de la vie quotidienne pour grossir jusqu'à l'irréalisme, une manière de comique fantastique même, et aboutir à un burlesque démentiel. Je ne serais pas du tout gêné de jouer dans un film loufoque américain. En France, on a une manière trop raisonnable, trop sage, pas assez délirante de jouer la comédie !

On n'est jamais sûr de rien. Tout est possible. Tout change sans cesse. Je dis une chose aujourd'hui, je peux aussi bien dire le contraire demain. C'est pourquoi ils m'amusent ces acteurs qui se confient à la radio ou dans les journaux. Ils expliquent leur métier. Ils savent tout, ils détiennent la vérité. Mais il n'y a pas de vérité, il faut jouer, c'est tout.

Sans être méchant, je peux dire qu'il m'est arrivé bien souvent de jouer des personnages qui n'avaient aucune vie. À ce moment-là, il faut compenser.

Pour moi, au théâtre, ce qui compte c'est l'instant rare de communication entre le public et le comédien. Un jour, il disparaîtra. Il ne faut pas se faire d'illusions. Le théâtre n'intéresse plus les gens. Ils préfèrent tourner le bouton de leur télé et rester assis chez eux. On va dire que je suis gonflé de dire ça avec le succès de *La Cage aux folles*. Mais nous sommes les derniers bastions. Fini, c'est fini.

L'idéal dans un spectacle, c'est quand les spectateurs ne savent plus où ils en sont. On croit que c'est un compliment de dire à un acteur qu'il joue bien, alors que le summum serait de ne pas s'apercevoir qu'il joue.

Ce que je voudrais, c'est faire admettre au cinéma l'existence de personnages bizarres comme s'il s'agissait de personnages normaux. Ma volonté — c'est d'imposer de force ces personnages. Des personnages très doux, très gentils — exactement le contraire du petit homme qui aime bien manger, qui ont une passion, une folie et qui deviennent de plus en plus irréels, lyriques. Quand c'est vraiment étrange, quand on a un doute, quand on se demande : « Ce personnage, qui est-il en réalité ? », j'adore ça.

Chez moi, je me ramasse sur moi-même. Je me garde pour jouer le soir au théâtre. Je deviens paisible comme ma maison. Quand je répète, je ne peux apprendre mon texte qu'au théâtre. J'ai besoin de l'odeur.

J'aime les œuvres dont le postulat est vraisemblable. C'est à celles-là seules que le public peut croire. Avec elles, un comédien n'a pas besoin de marcher sur la tête dès le lever du rideau.

Contrairement à la croyance générale, la charge passe encore moins bien au cabaret qu'au théâtre. La communion avec le public y est beaucoup plus étroite. On peut donner davantage l'impression d'improviser. Mais la moindre fausse note prend des proportions insupportables.

Le temps passe. Notre vie passe en même temps que notre métier. Il y a un équilibre à trouver entre la carrière et les gens qu'on rencontre.

Dis-moi comment tu joues et je te dirai qui tu es.

Parfois, on amène un scénario à un acteur et je l'entends dire : « Il est très bien, mais il faudrait changer l'histoire ». Il ne travaille pas sur ce qu'on lui propose, il est tout de suite à côté et cherche à faire briller ses idées. Ce n'est pas ça, la collaboration, c'est d'être complémentaire.

Je suis très content de faire du cinéma, mais il me manque une chose terriblement, c'est le théâtre. J'ai envie d'aller au théâtre, j'ai envie de par-ta-ger la soirée ; parce que le cinéma, c'est formidable, mais le retour n'est pas là. Au théâtre, on gagne la soirée. Le théâtre, finalement, c'est le métier d'acteur : l'échange.

Je me souviens d'avoir vu Noiret au théâtre, d'avoir passé une soirée magnifique. Un petit peu ému, Noiret m'a dit : « Ça fait trente ans que je n'ai pas joué au théâtre, je regrette ». Il ne faut pas s'absenter. Quand on est né dans le théâtre, je crois qu'il faut être présent. Moi, je crois que j'ai été un peu trop absent. À part le cinéma, je fais du cirque, je fais du cabaret, je fais mon marché, je fais un tas de choses ! Le théâtre, c'est une drogue formidable.

Les artistes, les auteurs, les intellectuels, les professeurs sont un peu sévères pour un certain théâtre de divertissement. Nous, on est contents de les avoir, tous ces gens-là, car pour nous qui sommes des clowns, des bouffons, des comédiens, c'est un plaisir. On fait du théâtre de boulevard, on fait du cabaret, on fait du cirque, on essaie de faire rire… Eux, ils sont là pour relever le niveau.

Comédien, d'abord, ça sent l'ambiguïté. Est-ce qu'il joue, est-ce qu'il ne joue pas ? Le grand acteur, c'est celui qui aurait tendance à jouer peut-être plus à la ville qu'en scène. Par goût, j'aime mieux qu'on dise de moi « comédien ».

Dans une pièce, au théâtre, ce qu'il y a de plus important, c'est ce que les mots évoquent, c'est-à-dire que le non-dit, le non-entendu, est plus important que les mots. Quand vous avez compris une pièce, ce sont les résonances qui sont les plus importantes. Tout est à base d'intentions véritables, d'intentions vécues par l'acteur.

Mon grand truc, ce serait ça : jamais la volonté d'épater, jamais la volonté d'émouvoir, jamais de recette, toujours la découverte et le miracle d'une soirée.

On avait une formation de comédiens, Jean Poiret et moi. On préparait le Conservatoire, lui n'a pas été reçu, je ne sais plus pour quelle raison, moi non plus. On n'a pas été admis. Ce qu'on a appris, c'est la conviction totale, à 150 %... Tous les gens qui ont fait du cabaret, on les appelle des « baragouineurs », mais quel talent, ces gens-là ! Quel talent de conviction !

Jouer un vainqueur, un exemple de moralité, c'est très bien, mais jouer la connerie, la méchanceté, c'est aussi magnifique.

On ne me reconnaît pas du tout. On ne m'a jamais reconnu. C'est comme ça que j'arrive à parler de moi avec les spectateurs ! Le soir, après une représentation, j'allais souvent boire un verre au bistrot d'en face... Les gens qui avaient assisté à la représentation faisaient des commentaires et je m'introduisais très bien dans la conversation... Ils ne me reconnaissaient pas du tout !

J'ai eu la chance de bavarder un jour avec Albert Fratellini, dans sa loge. J'étais tout tremblant, très jeune. « Clown, c'est un métier de sincérité, de conviction, m'a-t-il dit, contrairement à ce qu'on pourrait penser, avec le maquillage, la perruque... » Aujourd'hui, il y a beaucoup d'Albert Fratellini, c'est à la mode parmi les gens qui font clown. Mais il y a une chose qu'ils n'ont pas très bien comprise, c'est que le comique ne se trouve pas dans les accessoires, mais à l'intérieur du comédien. Il faut jouer avec ses tripes, c'est tout.

Je pense qu'il faut lire les scénarios, mais qu'au moment de tourner, il faut inventer. Un auteur connu m'a dit un jour : « Vous avez fait une, deux, trois, six prises, et ce n'est jamais la même. » C'est pas la peine de faire six prises si c'est toujours la même ! Autant rester chez soi... À chaque fois, on peut donner des nuances différentes.

Tant qu'un acteur pense que c'est l'extérieur qui compte, il est foutu. Un acteur ne doit pas truquer. On tire les ficelles de la marionnette qu'on est en jouant. Le gars qui dit qu'il perd conscience, je n'y crois pas.

Ce qui est embêtant au cinéma, c'est que l'on parle souvent d'une scène ou du rôle lorsque le film est terminé, et c'est un peu tard... Les films comiques sont rarement bien, et c'est dommage. Une idée reçue qu'ont les producteur : ils estiment qu'il suffit de réunir une équipe de comiques et puis de les lâcher ensemble. Il arrive même qu'on nous donne un scénario et qu'on nous demande que ce soit désopilant. On peut collaborer, mais dès le départ ; au dernier moment, c'est impossible.

Ce qui compte énormément, c'est de jouer la comédie avec des gens qu'on aime. Plus que ça : il faut avoir un esprit commun. C'est peut-être le plus difficile, dans une distribution au théâtre; au cinéma, on débarque sur un plateau et on ne se connaît pas. C'est pour ça que ce que je fais avec Jean Poiret, c'est un peu unique. On respire de la même manière, on n'improvise pas, mais c'est une vie commune, un sang mêlé dans la comédie. De temps en temps, on ne sait plus si c'est notre numéro ou si c'est vrai, ce qu'on raconte. Il y a une espèce de mystère, c'est très rare à obtenir. Un grand principe, c'est qu'il faut s'amuser, prendre du plaisir en jouant. Si on n'a pas cette envie, y'a plus qu'à prendre sa retraite.

La carrière d'un artiste ? On joue une pièce, on la joue quinze jours, on l'oublie, on recommence.

Je veux bien jouer Charlemagne, mais s'il est empereur dès le départ, ça ne m'amuse pas. Ce qui m'amuse, c'est qu'il soit au départ un Français moyen. Mais le Français moyen qui reste Français moyen ne m'amuse pas non plus.

C'est plus difficile de faire rire que de faire autre chose. Si je m'écoutais, je prendrais des histoires sérieuses, car tout simplement, c'est plus facile de tenir un revolver que de faire rire les gens — dans l'écriture, l'imagination, et même l'interprétation.

Ce qui apparaît, des fois, c'est qu'on dit des choses sans avoir l'air très convaincu. Il n'y a plus que le squelette ; la chair et le cœur manquent.

Pour les comédiens, il ne faut jamais essayer de refaire deux fois la même chose, même quand on joue 1700 fois une pièce. Il faut recommencer à chaque fois.

D'un metteur en scène, j'attends des propositions et une aventure ! Si tout est terminé, ça ne m'amuse pas ; c'est le contraire du métier de comédien, et même de l'aventure du spectacle. Il faut rêver, il faut improviser ! Si je fais six prises, je ne fais pas six fois la même prise. Je veux bien faire 50 prises, mais toutes différentes.

Ce sont les gens qui vous provoquent qui vous font faire des progrès.

J'ai entendu un metteur en scène dire un jour que son rêve, c'était de faire un film sans acteur… Eh bien, mon rêve à moi, c'est de jouer sans metteur en scène…

Tous les gros excès, les choses apparentes, doivent cacher la pudeur. C'est ce qui me touche le plus.

Il y a des grands metteurs en scène, des intellectuels qui disent : « Ne vous occupez pas du public. » Je ne suis pas d'accord, on est là pour lui d'abord. Je joue pour lui, l'émouvoir, m'amuser avec lui. C'est un échange. Le comédien doit aimer les gens, il doit être curieux des autres, les écouter tout le temps, être à l'affût, car c'est un enrichissement. Il faut écouter les gens.

Mon rêve, c'est de jouer un film où on ne me reconnaît pas du tout.

L'improvisation consiste à continuer la proposition du partenaire, donc c'est une question de respiration, de style de comique que les deux doivent posséder. On ne peut pas mélanger deux acteurs qui ne travaillent pas dans les mêmes zones.

Ce qui me fait rire aujourd'hui ? Pas grand-chose. J'ai été habitué à entendre des rires sonores. Là, j'entends rien pendant une demi-heure, puis de petits « ah ! ah ! » deux ou trois fois. Il manque quelque chose ! Les gens ne veulent plus s'amuser. Le public, dans une certaine mesure, attend trop des indications de la presse, de la critique. On sort avec le patron, on se fait des politesses, on se juge : « Qui va rire le premier ? » On s'observe, on n'ose pas rire, on ne sait pas. Le public a peur, je crois, de dire qu'il aime ça. Et les artistes ne sont pas libérés, or il faut avoir un petit grain.

Il y a un moment où l'acteur, l'auteur, le peintre, peut-être le prédicateur, ne peut plus donner d'explication ; il se laisse prendre par le texte, le lyrisme. Ça existe dans tous les métiers. La raison, la connaissance, le travail, oui, mais gardons notre liberté et laissons aller notre esprit. La prière ? Avant d'entrer en scène, je me concentre, je sais que je vais donner et recevoir un message.

C'est pas grave de jouer, c'est une soupape extraordinaire qui permet d'inventer, de donner de l'humanité, de jouer la partition, de mettre tout le monde dans le même ton.

Si vous ne trouvez pas la cadence dans Molière, qu'est-ce qui se passe ? L'acteur disparaît asphyxié.

3

À propos de quelques rôles

L'Affaire Dominici

Méfions-nous de la justice et de la politique. Ce n'est pas parce que Gaston Dominici est un paysan bourru que cela fait de lui un assassin. Il avait un problème de langue, il parlait le patois et ne comprenait pas tout au procès. Ceux qui ont participé au procès ne sont pas des gens bien. Selon que vous soyez puissant ou misérable, les jugements de cour vous rendront blanc ou noir… Je suis révolté qu'on ait mis en prison et même condamné à mort un homme sans avoir la certitude de sa culpabilité.

Cette affaire me passionne. C'est une machination incroyable, une enquête menée par des ringards sur un fond d'espionnage.

J'ai accepté ce rôle, mais j'y ai mis une condition : je joue non coupable ou je ne joue pas. Et débrouillez-vous avec ce qu'on va vous montrer. Et vous, les jurés dans les bancs, vous le condamnerez une fois encore ou pas. Pas moi ! Je ne pourrai jamais entrer dans le rôle d'un suspect ou même d'un criminel avéré sans lui donner une chance.

Assassin(s)

J'attends d'un metteur en scène la provocation, la demande précise et les explications… Je suis prêt à tout, mais qu'on me dise pourquoi. C'est ce qui s'est passé avec Mathieu Kassovitz… Le fait de jouer ensemble a aussi renforcé cette complicité. C'est un bon acteur, il y a des choses qu'on a improvisées et qu'il a gardées. Quand existe une réelle complicité et qu'on a plaisir à être ensemble, on ne sait pas ce qui va se passer, ce qui risque de se passer, mais on est ouverts à tout, on est prêts pour l'aventure. Mathieu a aussi de vraies qualités de metteur en scène : il aime les images, il a le don de faire des plans astucieux. Quand il met en scène, c'est parfois long, parce qu'il cherche, mais au bout du compte, ça devient vraiment du cinéma. Et ça, c'est bien !

L'Avare

Ce que j'aime chez Molière, c'est la rigueur, la précision de la pensée et la vérité. Aux acteurs d'injecter de la compréhension et de l'intelligibilité à la prose de l'auteur. Lorsque j'interprète du Molière, je pense toujours à mon professeur Jean Le Goff. J'avais 16 ans et il me disait toujours : « N'essaie pas de faire rire. » J'ai retenu la leçon.

Molière, cela aura été mes classes. Pour préparer le Conservatoire, pas de meilleure école. De tous les classiques, il est le plus essentiel, car c'est un acteur qui écrit. Il connaît tout des secrets de la scène. Il sait ce qu'est un comédien. Et, pour l'acteur qui veut se former, qui veut apprendre, c'est idéal. J'ai joué beaucoup de personnages de Molière : Sosie, Scapin, Diafoirus, j'ai aussi joué le jeune Valère de *L'Avare*. Molière, c'est une synthèse du théâtre classique : on peut tout y jouer, car il possède ce don de l'universel qui est la marque des grandes œuvres. Je n'ai jamais cessé de jouer Molière.

Ce que j'aime en particulier chez lui, ce sont ses héros : des roublards mais qui sont traqués, qui possèdent de terribles points faibles qu'ils tentent de dissimuler par n'importe quel moyen.

Ainsi ce n'est pas l'argent que veut garder Harpagon, mais sa jeunesse, son autorité. Il est pourtant conscient que c'est impossible ; et ça l'amuse ! Il en joue jusqu'à ce qu'il vieillisse pour de bon. Alors, seulement, il comprend qu'il a perdu son pari, que personne ne l'aime et qu'il n'aime personne. Il est seul pour l'éternité, tout lui échappe, il ne peut plus rien faire. Le vrai tragique de la pièce, c'est cette vieillesse contre laquelle jamais personne ne pourra rien. Ce rôle est passionnant parce qu'il témoigne de la vie d'un homme à différentes étapes de l'existence. Et cette incapacité qu'a Harpagon à aimer, ce désert intérieur où il échoue doit être une glace terrible, une menace effrayante pour le spectateur.

Plus ils sont affreux, plus les personnages m'émeuvent. Car ils ont toujours un moment de détresse absolue qui efface tout. Mais je n'en ai toujours pas fini avec le texte ! Aujourd'hui, je suis inquiet pour cette reprise, parce qu'il me semble que l'ensemble de la troupe m'en veut, me reproche mes exigences, mes crises, mes violences, je relis le texte sans cesse. Il ne faut pas être pris en défaut… Et j'y trouve encore des significations différentes.

Le pari n'est pas tenu si on ne dit pas, si on ne fait pas entendre, comprendre le texte jusque dans ses subtilités les plus fines. Et Molière est ainsi : plus je le relis, plus je découvre des détails nouveaux, une épaisseur nouvelle aux mots.

J'ai cherché à redonner de la vie et de la vérité à ce texte. C'est l'une des rares pièces où l'on peut mêler la farce et la tragédie.

Harpagon est bourreau et victime de son égoïsme forcené, de son désir obsessionnel de la possession, de sa méfiance pathologique. Par moments, il me fait pitié. C'est un pauvre malheureux et, en même temps, c'est un roublard qui se joue des autres et des situations.

Harpagon souffre et il rit. J'ai essayé de ménager les deux, ce que je ne pouvais pas faire avec certain metteur en scène…

Le personnage d'Harpagon, je l'avais déjà interprété il y a vingt ans, sur les planches du Théâtre national populaire de Villeurbanne, à l'invitation de Roger Planchon. Notre collaboration avait défrayé la chronique. Planchon, s'il a du génie, a aussi un tempérament de dictateur ; or, moi, il fallait que je puisse « respirer » mon Avare… Descendre dans la salle, relancer le spectateur, jouer avec malice de la situation : faire exploser le cadre.

L'Avare, j'ai senti que ça devait être joué pour la salle et avec la salle. À qui parle-t-il Harpagon, quand il dit : « N'est-il point caché là parmi vous ? » ou « Ils me regardent tous et se mettent à rire » ? Au plafond ? Au mur ? Non, au public, et il fallait que les gens rient pour que la réplique ait du sens. Alors, voilà, je cherche l'origine, l'intention première, et j'obéis à ça.

Ce qui me gêne, c'est le poids pris par certains metteurs en scène. Quand j'ai joué *L'Avare*, il y a vingt ans, ce n'était pas *L'Avare* de Molière. En gros, à Mogador, il y avait écrit en lettres de feu « *L'Avare* de Planchon ».

Il n'est pas interdit de mettre du sérieux dans *L'Avare*, tant que ce sérieux peut exploser dans la drôlerie... Est-ce réellement condamnable ? La sanction n'est pas de mon ressort.

Je veux montrer les souffrances de cet homme, enfermé dans son amour pour l'argent. C'est un pauvre malheureux... Il a un vice comme un autre. Il aime les sous. S'il préfère ses louis d'or à sa fille, après tout, ce n'est pas sa faute. Il faut le comprendre, c'est un brave homme.

Ce pauvre Harpagon vit dans un panier de crabes. Quand on dit qu'il n'est pas gentil, c'est faux ! Ses enfants ne lui obéissent pas du tout. Est-ce pour autant qu'Harpagon a des circonstances atténuantes ? C'est la vie ! Et puis, les humains peuvent changer.

La Cage aux folles

J'ai écrit : « Jean aurait été heureux d'apprendre que l'on édite ses pièces » dans la préface du texte de *La Cage aux folles*. Je me rappelle qu'à l'époque où il écrivait des sketches qu'on jouait en duo, Poiret m'avait confié : « Comment veux-tu que je sois reconnu comme auteur avec un truc pareil ? »

Quand on a joué *La Cage aux folles*, je ne dis pas que Jean et moi avons marqué une étape, mais le public a commencé à avoir un autre regard sur les couples homosexuels. Quelqu'un a écrit que, dans *La Cage aux folles*, la tendresse dépassait la caricature. C'est ce que nous avons voulu faire.

Tout le monde nous disait que nous étions fous : « Ils vont jouer deux pédés ! » Mais en Italie, ce qui a le plus touché le public, c'est l'émotion plus que le rire : on y a vu deux hommes qui s'aiment et qui ne sont pas tournés en ridicule. J'ai vu, depuis, des gens qui, dans le même registre, sont d'un goût détestable. Or, je ne connais pas une idée ou un départ de pièce qui ait réussi sur de mauvais sentiments. Ou alors, c'est du racolage. Tous ceux qui fricotent avec la mode du jour, le lendemain, c'est fini, leurs camemberts sont bons à jeter.

Ce qui étonnait les gens du métier, parfois, c'était qu'on continue encore et encore à jouer cette pièce. Comme si c'était une catastrophe d'enfiler ma perruque rousse et mon fourreau endiamanté de travesti pour la 925e fois ! Le rôle était toujours le même, mais le partenaire — le public — changeait tous les soirs.

Je me souviens de nos improvisations quotidiennes sur la scène du Palais-Royal et de Jean-Michel Rouzière, le directeur, qui nous avait dit un soir : « Hier, vous avez fait vingt minutes de plus. Permettez au moins aux spectateurs de ne pas rater le dernier métro ! »

Une fois sur deux, le public ne me reconnaissait pas lorsque j'apparaissais dans la pièce. J'avais une grande robe à paillettes, un maquillage assez fort, mais quand j'arrivais au second acte et que j'étais moi-même, là, on me reconnaissait. Du coup, les gens se demandaient qui jouait au premier acte et me posaient la question lorsqu'ils venaient dans la loge, à la fin : « Il est épatant, avec sa grande robe ! » Parfois, je disais que c'était quelqu'un qu'on avait engagé pour un soir ; parfois, je disais : « C'est moi… peut-être. »

J'étais convaincu par mon personnage. Je ne jouais pas la parodie, j'étais vraiment un travesti avec tous ses problèmes. C'est à cause de cela, sans doute, qu'on dit parfois que je suis inquiétant.

À l'époque, on dormait quatre à cinq heures par nuit, nos épouses étaient avec nous, on était tout le temps ensemble, les femmes, les enfants, c'était une période de folie extraordinaire.

Le rire est un animal sauvage qui ne supporte ni les brides ni les cages… sauf celles aux folles !

Si je m'épate des fois ? Bon… le mot « épater » n'est pas tout à fait juste, mais tous les ans, j'ai droit à *La Cage aux folles*. La dernière fois, je me souviens m'être dit : pourquoi pas ? Et je me suis assis devant la télévision. Je ne devrais pas le dire, mais j'ai ri ! Quel culot il fallait avoir !

Un cœur oublié

C'est Claude Chabrol qui m'a parlé du scénario. Ça m'a tout de suite plu. L'histoire est belle. Cet homme presque centenaire, qui se demande s'il ne s'est pas trompé, est bouleversant. Il est pour les idées nouvelles, et tout à coup, il se dit que peut-être l'amour existe. Jusque-là, il avait été sans âge, et après cette révélation, il vieillit. Pour aimer, comme pour tout, il faut se laisser aller avant de comprendre ; se mettre en route pour la vie sans attendre de tout connaître pour vivre.

Pour ce rôle, je me suis amusé à faire trois parodies : Dullin, Jouvet et une... invention personnelle. C'est jubilatoire. Je me suis documenté, j'ai ajouté de petites choses, il faut retrouver un naturel, une vérité, comme pour jouer Corneille ou Molière. J'ai été emballé par la qualité du texte de Jacques Santamaria.

J'aime les personnages ambigus parce qu'il faut toujours tenir compte de la face cachée. On ne sait rien des gens, on ne peut pas en faire le tour, les expliquer. C'est pour ça qu'il faut être tolérant. Je ne peux pas être dans le jugement. Je montre, voilà. Un type comme le chapelier des *Fantômes du chapelier* de Chabrol, ce pauvre minable risible, il est d'une imbécillité très humaine. Et ça peut mener au crime, l'imbécillité. Mais j'ai joué un homme très intelligent, Fontenelle, et j'ai pleuré parce que toute sa vie, il avait été intelligent, savant, spirituel, et qu'il était passé à côté de l'essentiel. À 95 ans, il était encore en très bonne santé, très vert, et voilà qu'il découvre l'amour. Et là, d'un coup il vieillit, parce qu'il n'y comprend rien, que ça ne se met pas en équations, et que c'est trop tard pour lui. Il n'a jamais fait fonctionner son cœur, il est perdu. Et ça me rend triste parce que si vous avez évacué l'amour, il n'y a plus rien.

Comédie d'amour

Paul Léautaud était un provocateur et un acteur. Un amoncellement de contradictions insolentes qui cachaient une sensibilité blessée. Il mentait parce qu'il souffrait, et c'est pour ça que je l'aime. Et puis, comme lui, j'aime faire rire gratuitement, quand on croit que la situation ne s'y prête pas. J'aime aussi sa façon de tisonner la curiosité en proférant des commentaires sur des propositions non encore énoncées. Une bonne astuce. Seulement, il devient sincère et plus naturel que nature quand il touche à ce qu'il aime, quand il découvre l'amour débarrassé de toute performance sexuelle, quand aussi il parle de sa mère. Tout le dialogue est emprunté à son autobiographie. Il est extraordinairement percutant et drôle par son insolence. Il a cette vertu de commander le geste, l'attitude, l'expression. Bien sûr, des familiers de Léautaud diront peut-être qu'il était tout autrement. Mais il en est ainsi de tous les rôles : j'accepte de les tenir et puis j'ai peur.

Je suis le protagoniste de *Comédie d'amour*, qui évoque la vie amoureuse de Paul Léautaud lorsqu'il avait 60 ans dans les années trente. J'ai lu beaucoup de choses sur l'auteur du *Petit Ami*, écouté ces entretiens radiophoniques où il parle de tout, se contredisant, cultivant le paradoxe. Il ne s'agit pas d'une biographie. Le réalisateur, Jean-Pierre Rawson, qui avait tourné *Gros câlin* d'Ajar, ne retient qu'une période de l'existence de son modèle. J'ai pour partenaires Annie Girardot, Aurore Clément, et, bien entendu, des chats, des chiens et même des oies. Il y a des scènes érotiques au diapason de la crudité des mots qu'employait Léautaud, cet homme égrillard, misanthrope, agressif, élevé par une nourrice et les filles de la rue des Martyrs, et qui n'a jamais pu dire « maman » à sa mère. On peut voir en lui tout le bien et tout le mal. C'est en tout cas un grand caractère sous une apparence un peu clownesque qui ne me déplaît pas puisque j'ai trouvé ma vocation au cirque.

Chez Léautaud, la méchanceté s'estompe devant la drôlerie. Personnellement, je n'aime pas les gens qui font rire avec des méchancetés. À partir du moment où la drôlerie dépasse la méchanceté, j'accepte.

Le Comédien

Le propos de Guitry est un cadeau pour moi. Dans cette pièce, il dit des choses essentielles sur le théâtre, toujours très actuelles — cette rigueur du jeu, par exemple, qui oblige à jouer sur le fil du rasoir.

Ce qui m'a passionné, c'est de rendre compatible mon interprétation personnelle de ce métier avec la sienne. Au fond, *Le Comédien* est un pied de nez au cabotinage vulgaire et à ceux qui ne voient Guitry que par ce prisme réducteur.

C'est Toscan du Plantier qui a eu l'idée de travailler autour de six textes de Guitry. Il m'a laissé carte blanche, jusque dans le choix du metteur en scène. Autant dire, un enfer ! Car, pour être honnête, cette pièce est injouable à notre époque, d'où la difficulté de l'adapter au cinéma. Christian de Chalonge, lui, a tout de suite compris que nous pouvions faire un film surréaliste, « pirandellien », à la frontière de l'invisible entre les coulisses et la scène, donc entre réalité et fiction. J'espère que le public appréciera. Pour faire un clin d'œil au maître, j'ai juste ajouté une réplique du *Misanthrope* ; Guitry aurait tant voulu jouer les classiques ! Je le comprends.

Le Cri du cormoran
le soir au-dessus des jonques.

Je ne vois pas de différence entre les rôles comiques et les rôles dramatiques, ce sont les histoires qui changent, les dialogues, les mots, les situations… Michel Audiard a une qualité extraordinaire : il fait tout, l'histoire, les dialogues ; il sait ce qu'il veut, il n'y a pas d'intermédiaire. Le tournage du *Cri du cormoran* s'est passé dans une détente et une bonne humeur fantastiques. Avec lui, on ne sait pas quand on tourne ; alors que sur certains plateaux, c'est une rigueur lourde, des ordres qui sifflent : « Silence ! », « Attention ! » Audiard offre une certaine décontraction.

Les Diaboliques

L'autre jour, je regardais les programmes de télé. Ils repassaient *Les Diaboliques*, de Clouzot. C'était pratiquement mon premier film et je l'ai tourné en 1954... Ça m'a fait un drôle d'effet.

Clouzot, dans *Les Diaboliques*, où je jouais un pion, m'avait demandé de « mouiller » le texte, de ne pas le réciter, de le casser, de ne jamais me sentir prisonnier d'une mauvaise respiration ou d'une erreur de texte. À la limite, me disait-il, ce type d'« accident » pouvait me donner de la liberté... La leçon m'a servi.

Docteur Petiot

Petiot m'intéresse depuis longtemps. Il y a six ans que je voulais faire ce film. Six ans qu'on en avait évoqué la possibilité. Mais il fallait trouver un parti clair et fort pour le réaliser. Les gens disent que c'est un dossier sur Petiot, mais c'est avant tout un film sur la condition humaine. C'est inspiré de la vie de cet homme mais cela va plus loin. Ce qui m'intéresse, c'est la fragilité des hommes qui peuvent devenir bons ou mauvais suivant les circonstances et le parcours qu'ils empruntent. Personne n'a à se féliciter et à dire : « Moi, j'ai été un brave homme, moi, je suis honnête », sinon je ne peux que lui répondre que c'est un pauvre con. Tu es honnête parce que tu n'as pas eu l'occasion d'être malhonnête, tout simplement.

Cet homme était un acteur ! Parce qu'il savait très bien à qui il s'adressait. Il possédait un certain charme, une certaine intelligence, un certain humour. Il savait à qui il avait affaire et il n'avait pas les mêmes arguments pour chacun. En ce sens, c'était un acteur.

Je ne suis pas partisan de Petiot. Mais il faut être attentif aux jugements que l'on porte sur lui. La pire des choses pour lui est de disparaître sans avoir dit : « Le monstre que vous avez côtoyé, c'était moi. » C'est sublime !

Je ne veux pas que l'on porte des jugements radicaux. Les bons et les mauvais. Il y a aussi du Petiot chez vous ! Ne soyez jamais dans de mauvaises conditions dans la vie. Méfiez-vous. Vous savez de quelle façon on devient Résistant ? C'est un homme qui a été bousculé dans le métro. Il reste sur le quai. À côté, il y a un autre homme qui lui dit : « Viens, tu ne sais pas où dormir. » Et c'est là qu'il entre dans la Résistance.

J'ai seulement voulu suggérer que, des Petiot, il en existe toujours et partout, que celui-ci a simplement fleuri mieux qu'un autre, parce qu'il a trouvé un environnement complice : ce Paris de l'Occupation où tout était possible... Dans sa logique à lui, il ne tue pas : il nettoie. Il aime l'ordre. De temps en temps, il a comme des zooms intérieurs où il se voit, où il se juge, où il a des éclairs d'humanité. J'ai besoin que mes personnages subissent constamment des douches écossaises, passent de la lucidité à la folie, comme dans la vie.

On dit aussi qu'à quatre ans, il étranglait ou ébouillantait gentiment les chats, qu'il a toujours été cleptomane et s'est constamment livré à des malversations. Dès vingt-huit ans, avant son arrivée à Paris, sa situation le lui permettait déjà puisqu'il était à la fois maire et médecin légiste de sa commune.

Il n'empêche que Frédéric Pottecher, avec qui j'ai beaucoup parlé, m'a affirmé qu'avec Petiot on pouvait tout supposer. Il a touché à tout. La Résistance lui a même sûrement demandé des services...

Pour retrouver cette ambiguïté, je me suis rappelé ces restaurants du Pigalle de mon enfance. On pouvait y côtoyer à la fois des agents de la Gestapo et des Résistants ; tout le monde savait qui était qui et on cohabitait...

Ne croyez pourtant pas qu'on ait voulu avec ce film préparer un Dossier de l'écran. Exprès, on n'y voit pas tout. Ni l'enfance ni le procès. Pour moi, il s'agissait surtout de montrer le cauchemar d'un fou. Mais l'angle a été long à trouver.

Petiot était un excellent médecin et un monstre. Il a rendu service à plein de gens et il estimait purger la société de divers éléments inutiles, ce qui le conduisait à éliminer aussi bien des Résistants que des passants ou des membres de la Gestapo. Il tuait par plaisir puis redevenait un brave homme avec des poussées de sadisme. Bref un personnage multiple, schizophrène tel qu'on en reverra sûrement si la folie du monde vient bousculer les esprits fragiles.

Le procès fut bâclé, parce qu'il gênait tout le monde, ce qui me laisse une marge de liberté. Pas autant, évidemment, que s'il s'agissait d'un personnage de pure fiction. Là je peux dire mon mot. Ce fut le cas dans *Garde à vue*. Face à Lino, je devais tenir le rôle d'un comptable étriqué dans son complet gris. J'en ai fait un notaire ironique en smoking.

Pourquoi Petiot me passionne-t-il ? Parce que je pense que rien n'est simple. Il ne s'agit pas d'excuser un criminel ni de brosser une fresque sur l'Occupation. Je veux seulement dire qu'à certains moments, il faut se méfier, qu'il peut toujours pousser des gens comme ça. Rien ne s'arrête jamais, la menace est permanente. Allons un peu plus loin : moi-même, qui suis-je ? Que serais-je capable de devenir dans certaines circonstances ? Une autre chose me fascine chez Petiot : la façon dont il assume cinq ou six personnalités différentes. J'éprouve, je crois, sur ce plan, une jalousie de collègue. Il n'hésite pas. Il ne joue pas. Il est lui-même à fond, toujours. Comme le bon Dieu, il est. Pas de démarche, pas de composition.

Je trouve incroyable qu'on me demande si ce film est une justification de Petiot ! Si les journalistes le pensent, qu'ils l'écrivent ! Ce n'est pas à moi de le dire. Pourquoi voulez-vous toujours que ce soient les autres qui prennent les responsabilités à leur place ! Merde ! Dites : « Ils veulent réhabiliter Petiot », si vous en avez le courage. Est-ce qu'il faut rire dans un film comique ? Oui, madame, vous avez le droit de rire. Ah bon, merci. Est-ce qu'il faut pleurer ? Quand vous voudrez aussi. Merde ! Prenez vos responsabilités !

On m'a reproché de jouer un docteur Petiot trop sympathique, mais s'il n'est pas sympathique, comment voulez-vous qu'il attire autant de gens chez lui ?

Petiot était un malade, un monstre. Comme je n'ai pas la clef, l'explication, alors je montre, j'expose ce que je sais.

Petiot fait encore peur aujourd'hui ! Cela ennuie tout le monde que la Résistance soit allée chercher Petiot pour liquider ses cadavres. Déjà dans *Les Fantômes du chapelier*, les gens me disaient : « Mais il étrangle sa femme ! », et je leur répondais : « Je pense que dans la même situation j'étranglerais ma femme. » Je comprends cet homme. C'est magnifique. Je veux le sauver. Vous rendez-vous compte du drame qu'il vit !

Petiot est un homme émouvant. À deux ou trois reprises dans le film, il est pris de remords qui sont comme autant de flashs et qui touchent à la vérité de l'humanité. J'ai rencontré des malades perdant la raison. Parfois, ils ne savent plus rien. Par instants, ils ont une sorte de flash qui leur fait dire : « J'ai perdu mon intelligence. » C'est une chose grave. Petiot s'est peut-être dit aussi : « J'ai perdu mon intelligence et le sens d'apprécier les choses. » Chacun de nous a des moments de perte de contrôle, de perte du sens de sa vie.

C'est un homme en action, en fuite perpétuelle, jusqu'au moment où le sol craque sous ses pas. Le défi final est magnifique ! Cela m'amuse plus d'interpréter ce type de personnage que de jouer un plombier fait cocu par sa femme.

Je ne suis pas le producteur de ce film ! Il n'y a pas de producteurs pour ce film ! Ceux qui réunissent l'argent, je les appelle des « financiers, des marchands ». La plupart des films qui sont montés sont déjà amortis. Je ne suis pas un producteur. J'ai voulu faire ce film parce que personne n'en voulait. Je suis à la base du projet. Ce n'est pas parce que j'ai mis mon argent dans le film que je suis un producteur. Initiateur, oui. Le mot de « producteur » dépasse ma condition.

E la nave va

J'ai failli tourner avec Federico Fellini. Il est venu à Paris. Je connaissais certains de ses films, mais je ne l'avais jamais vu. Nous nous sommes donné rendez-vous en tête à tête dans un restaurant chinois. Dès que je l'ai vu entrer, j'ai été séduit par son sourire, son français avec une pointe d'accent, et j'étais conquis. On s'est amusés comme deux fous. On a parlé des clowns, du film qu'il leur avait consacré. Je lui ai dit : « Je vais vous faire un reproche : je n'ai pas ri une seule fois, c'est embêtant pour les clowns, j'ai même beaucoup pleuré. » Cette sympathie et l'émotion autour du mystère de la gravité des clowns, je ne l'avais jamais rencontrée. Quatre heures après, on ne mangeait plus, mais on était toujours là. Il voulait que je tourne dans *E la nave va*. Je lui ai demandé si je pouvais lire quelque chose. « Qu'est-ce que c'est qu'un acteur qui veut lire ? », m'a-t-il dit sans détour. « D'ailleurs je n'ai rien à vous donner… Venez à Cinecittà, je vous donnerai les dessins que j'ai déjà faits de vous. » Et je suis allé à Rome sur ces seules indications.

J'ai vu tous ses personnages griffonnés sur des feuilles accrochées aux murs de son bureau. Il m'a fait visiter Cinecittà et son studio. J'ai tourné un autre film, *Mortelle randonnée*, au moment où il commençait le sien.

Les Enfants du pays

Je trouvais le sujet intéressant. Quand on prend les guerres de 1914-1918 et de 1939-1945 et qu'on voit tout ce qu'on a demandé aux Africains des colonies… Ils ont payé un drôle de tribut pour que la France puisse être dans le camp des vainqueurs. Dans *Les Enfants du pays*, il y a cette volonté de remettre les choses à leur place et de rendre hommage à ces soldats.

Le type que je joue, je l'ai rencontré, évidemment. Même gamin, je percevais la mentalité des Français par rapport aux colonies. Ils étaient hostiles.

Les Fantômes du chapelier

Un de mes films favoris est *Les Fantômes du chapelier*, de Chabrol. À cause du climat. On navigue entre la réalité et la folie. L'irréel dans une situation compréhensible au départ, c'est ce qui me plaît. Quand je vois un homme normal qui va se détraquer devant moi ou qui va partir dans un délire, j'adore. Mais je ne veux pas, ça ne m'intéresse pas d'ouvrir mon poste de télévision, ma radio, ou de tomber sur un film à propos d'un type qui est déjà au septième ciel.

La Folie des hommes

C'est un rôle inhabituel qui m'enrichit. J'ai lu plusieurs documents sur Semenza. J'ai voulu le défendre. C'est un homme sûr de lui qui veut laisser des traces dans l'histoire avec la construction de cet immense barrage. Au-delà, il y a aussi une affaire d'argent et de Mafia. Le barrage devait permettre d'éclairer toute l'Italie… Et quand son propre fils émet des réserves, il passe outre par orgueil et sans doute par intérêt. Cela m'intéressait de défendre un tel homme, un peu monstrueux. Mais tout de même, pendant le tournage sur le barrage reconstitué dans des décors naturels, pour la première fois, j'ai eu le vertige !

Garde à vue

Est-ce qu'il est vraiment responsable de ce qu'on lui reproche ? On ne sait pas. Il est venu pour un supplément d'information. Il pense qu'il vient pour une formalité et demande des précisions. L'ironie s'installe au fur et à mesure. Tout le film, c'est ce match entre les deux, l'inspecteur et le notaire pour lequel il a un petit soupçon ; c'est une partie d'échecs. On ne sait pas ce qui s'est passé exactement. Cela donne une tension formidable au film. C'est un comique un peu dérisoire. Les choses sont dites d'une manière ironique. On me dit ça : « On est loin de la réalité » — mais quelle réalité ? Il n'y a pas de réalité ! On fait un film, on fait appel à des acteurs célèbres — Lino Ventura, Romy Schneider —, à un dialoguiste très connu — Michel Audiard —, des menteurs qui vous font croire à des histoires. Ce n'est pas un reportage.

L'hirondelle a fait le printemps

Quand on joue, on n'invente pas. On regarde et on s'inspire. Il faut être curieux et observateur. J'ai rencontré des paysans comme Adrien, mon personnage. Il est seul, près de la mort, son troupeau a été détruit, tout s'est écroulé autour de lui. J'ai voulu le défendre. Pour entrer dans sa peau, j'ai même joué avec mes propres vêtements et je coupais le pain avec mon Laguiole qui a plus de cent ans.

Je ne connaissais pas Mathilde Seigner, j'ai voulu la rencontrer avant le tournage et pour cela déjeuner avec elle : quand on mange, on ne triche pas. On voit tout de suite à qui on a affaire. Aussitôt, il y a eu une complicité. Elle a très vite compris ma manière de jouer : il faut se concentrer quand on dit : « Moteur ! », pas avant. Ne pas se prendre la tête. Jouer doit rester un divertissement. On doit s'économiser et se mettre en état d'invention. Mathilde m'a parfois étonné. Il faut savoir écouter l'autre, et elle écoute.

Knock

Je ne sais pas qui est Knock ! Jouvet lui-même avouait qu'il l'ignorait aussi. Qu'il laissait simplement le personnage parler tout seul à travers lui… Mais arrêtons là avec Jouvet ! Quand je pose des questions précises à ceux qui me le citent à tout bout de champ, je me rends compte que personne quasiment ne l'a vu ni au théâtre ni dans les trois films qu'on a tirés de la pièce… Alors, si c'est pour me rabâcher avec la pseudo-voix du maître : « Est-ce que ça vous chatouille ou est-ce que ça vous gratouille ? », je trouve la référence un peu courte… Et puis aujourd'hui, où l'on reprend *Le Misanthrope* tous les quinze jours, on ne va pas embêter le nouvel interprète d'Alceste avec le talent de son prédécesseur !

Malevil

J'ai redécouvert le film de Christian de Chalonge il y a deux jours, je l'ai vu fini, et ce qui m'a frappé, c'est l'espérance de tous ces gens-là. Il arrive des catastrophes, possibles dans tous les temps, mais il y a quand même chez les hommes cette volonté de survie, de surmonter les difficultés. La conclusion de cette histoire, c'est cette espèce de champ d'espoir extraordinaire.

Le Monde de Marty

C'est une fable dont le contenu secret m'a plu. Pour moi, elle dit que même si on est apparemment inutile, sans le savoir, sans le vouloir, on peut servir à quelque chose. Vous me direz que ce n'est pas une consolation, mais tout de même, ça aide un peu à supporter la vie. Il ne faut pas se dire « à quoi ça sert ? », il faut aller de l'avant, il faut croire. Croire que tout peut servir : on ne sait pas où ça retombe.

Ce vieux type mal foutu et complètement isolé va apprendre la tendresse et avoir un enfant.

Finalement c'est plus facile de faire connaissance avec un gosse qu'avec un adulte, parce que les gosses n'ont pas cette appréhension… Ça m'est arrivé de voir des grands malades, par exemple, eh bien, je suis gêné, finalement. Or un gosse, il ne parle pas, ce n'est pas grave, je lui tape sur l'épaule, je lui amène un jeu de cartes, je joue avec lui, il n'y a pas de problème. C'est ce qui se passe dans le film *Le Monde de Marty*.

Derrière cette amitié qui va naître entre les deux personnages, se dissimule l'idée réconfortante que vous pouvez toujours apporter quelque chose à un autre, même dans les pires circonstances.

Monsieur Léon

Onze millions de téléspectateurs ont regardé *Monsieur Léon* à la télé. Des gens m'appelaient au téléphone en pleurant d'émotion. Excusez-moi, mais j'étais content. Parce que je suis cabot ! La satisfaction de la reconnaissance est immense.

Mortelle randonnée

Figurez-vous que j'ai tourné beaucoup de films dans ma vie, peut-être trop, et il y en a que j'aime, que j'aime moins, d'autres que je n'aime pas. *Mortelle randonnée* fait partie des films que j'aime beaucoup.

Quand épousez-vous ma femme ?

Quand épousez-vous ma femme ?, par exemple, est une mauvaise pièce. Il y avait autour de moi Jean-Pierre Darras, Maria Pacôme et Jeanne Sourza — une actrice merveilleuse et un personnage étonnant.

On voyait au fur et à mesure des répétitions que la pièce était injouable. On s'était trompés. On a d'abord essayé de remanier le gros des situations, c'était impossible. On a changé le texte, on n'a pas réussi non plus. C'est devenu une sorte de jeu libre de Commedia dell'arte. Alors on s'est dit : « Qu'est-ce qu'on fait ? On s'en va ? » On a finalement joué. On est rentrés là-dedans et ça a été un spectacle parodique qui faisait rire énormément. À l'époque, Francis Blanche est venu nous voir et m'a dit : « Je suis venu. J'ai ri, je n'ai jamais vu un acteur en faire autant ! » Pour moi, c'est un compliment et je crois que cela en était un pour lui aussi.

Vieille canaille & Des pissenlits par la racine

Si j'étais très gentil — ou très méchant —, je dirais que les meilleurs metteurs en scène sont ceux qui m'ont laissé faire. Je revoyais *Vieille Canaille*, de Gérard Jourd'hui. Je pense que j'ai inventé le personnage au fur et à mesure du film. J'adore ce film. Ou *Des pissenlits par la racine*, de Lautner. Ça aussi, c'est bien.

J'ai commencé comme figurant dans une pièce de Jean-Louis Barrault. Dans la première partie, je faisais une rame. J'ai travaillé le mime avec Decroux pendant deux mois, pour faire une rame…

Nous signalons qu'un certain nombre des propos de Michel Serrault reproduits dans cet ouvrage et sélectionnés par l'auteur proviennent d'interviews qu'il a accordées tout au long de sa longue carrière à de nombreux organes de presse.

Achevé d'imprimer sur les presses de

BUSSIÈRE

GROUPE CPI

à Saint-Amand-Montrond (Cher)

en octobre 2007

N° d'édition : 324/01. — N° d'impression : 71604-073568/4.

Dépôt légal : novembre 2007.

Imprimé en France